二見文庫

レッド・ドラゴン侵攻! 第2部 南シナ海封鎖〈上〉

ラリー・ボンド/伏見威蕃=訳

Larry Bond's Red Dragon Rising:
Edge Of War (vol.1)
by
Larry Bond with Jim DeFelice

レッド・ドラゴン侵攻！第2部
南シナ海封鎖
〈上〉

登場人物紹介

ジョシュ・マッカーサー	科学者
マーラ・ダンカン	CIA軍事補助工作員
ピーター・ルーカス	CIAバンコク支局長
ジェシ・デビアス	CIAバンコク副支局長（別館管理担当）
ズース・マーフィー少佐	元特殊部隊大尉、ベトナム人民軍顧問
ハーランド・ペリー将軍	ズース・マーフィーの上官
ウィン・クリスチャン少佐	ハーランド・ペリーの参謀長
リック・カーファー大尉	米海軍特殊部隊SEAL小隊長
ジェンキンズ	「きいきい声」という綽名のSEAL隊員
ジョージ・チェスター・グリーン	アメリカ大統領
ピーター・フロスト	CIA長官
ダーク・"ハリケーン"・サイラス中佐	ミサイル駆逐艦〈マッキャンベル〉艦長
マー	ベトナム人の少女
景悠（ジン・ヨウ）少尉	中国軍第一奇襲支隊隊長
フイン・ボー	景の恋人のベトナム人
孫励（スン・リー）上校（大佐）	奇襲団（連隊）団長、 第一任務部隊先任将校
稠徠（チョウ・ライ）	中国国家主席
ミン・チュン将軍	ベトナム人民軍最高司令官

二〇一四年二月

商品価格——シカゴ商工会議所

商品	現在価格	前年価格	五年前の価格（二〇〇九年）
原油	七三五・八七ドル	七〇〇・一三ドル	七四・八六ドル
トウモロコシ	一五七三ドル	一二三四ドル	七二三ドル
小麦	三七二三ドル	一五三四ドル	八一二ドル
米	八九六ドル	三一〇ドル	二〇・二〇ドル

主要国都市の二月の平均気温（摂氏）

都市	最高	最低	二〇〇九年平均最高	二〇〇九年平均最低
ワシントンDC	一三・〇	三・二	八・二	マイナス一・二
北京	三〇・二	五・〇	四・二	マイナス七・〇
東京	一二・三	三・〇	九・二	〇・一
ローマ	一六・五	五・二	一三・五	四・七
ヨハネスブルク	一九・一	七・五	二四・八	一四・七

「中国は平和を望んでいる」

中国国家主席が宣言

中国、北京発（ワールド・ニューズ・サーヴィス）――中国の稠徠《チョウ・ライ》国家主席は本日、平和が確保されたら中国軍はただちにベトナムから撤退すると宣言した。

「無辜《むこ》の民間人数十人を殺害したわが国の国境地帯への卑劣な攻撃は、復讐されねばならない」外国の大使たちに向かって、稠主席は宣言した。「ベトナムの攻撃的戦争を行なう能力を除去する必要がある。それが達成されたなら、中国軍はすみやかに国境に撤退する」

そのレセプションは、おおむねおだやかなものだった。米欧のアナリストによれば……。

メイン州で暖房用燃料不足続く

メイン州バンゴア発（フォックス・ニューズ）――暖房用燃料の不足が続いているため、メイン州バンゴアの住民は、記録的な寒さのなかで三日間凍えている。環境面の懸念により製油所二カ所が操業停止したことが、最近の燃料不足の原因とされている。

皮肉なことに、アメリカ北東部のほかの地域は、記録的な暖かさを示している。しかし、メイン州の住民はその恩恵に恵まれず……。

個人的な年代記、二〇一四年をふりかえる……

孫マーカスに

前の部分では、二〇一四年晩冬から物語を書きはじめた。ジョシュおじさんがベトナムで中国軍の前線の奥に取り残され、CIAと海軍特殊部隊SEALの助けでハノイにたどり着いた。地獄から脱け出せたと、おじさんは思った。じつは苦難の最悪の部分が始まろうとしていたんだ。

二〇一四年の世界がどんなふうだったか、おまえには想像もつかないだろう。中国は不法な侵略などしていないし、稠徠主席には世界制覇の野望などなかったなどという考えは、まず頭に浮かばないにちがいない。

わたしたちはどうして、そんなわかりきった脅威を無視してしまったのだろう?

ふりかえってみても、うまく説明できない。誰もがすさまじい緊張にさらされていた。世界の多数の国の経済が、破綻《はたん》していた。混乱があらゆる地域にひろがっていた。ちょうどこれが起きたころ、イタリアの選挙では共産党が勝利を収め、政権を握っていた! 第二次世界大戦直後、パルチザンの大部分が共産主義者だったころにも起きなかったことだ。信じがたい驚愕《きょうがく》の展開だった。大衆がどれほど偏向していたかを物語っている。なにしろ中国とことを構えたくなかったんだ。戦争を起こすどころか。

運よく環境の変化の最悪の影響をまぬがれたアメリカですら、苦悶していた。中国はアメリカの財政にとって重要な国になっていた——米国国債を、中国は何兆ドルも保有していたんだ。政治家の多くは、正直なところ、稠主席を怒らせたくなかった。中国が米国国債やドルを十把一絡《じゅっぱひとから》げに売るのを恐れていたからだ。そうなったら金利が急上昇し、アメリカ経済は破綻する。

だが、政治家の多くには事実が見えていなかったんだ。脅威がこちらを睨《にら》んでいるのに、それに目を向けようとしなかった。自分たちの生命が脅威にさらされてようやく、目を覚ました。そのときはもう手遅れだった……。

逃走

1

ベトナム、ハノイ

空襲のあいだ、ジョシュは昏々と眠っていた。サイレンがさかんに悲鳴をあげても、通りの向かいのプラザ・ハノイ・ホテルが爆発によって崩れても、目を覚まさなかった。半ブロック先の新築の教育省への空爆にも、八〇〇メートル離れたベトナム民間興業銀行ビルの崩壊にも、眠りを妨げられなかった。

ジョシュ・マッカーサーは、自分が突然投げこまれた戦争の音も意に介さず、ひたすら眠りつづけた。この戦争の発端をジョシュは目撃しただけではなく、重要な役割も果たしている。それがいまは、頭上を通過する中国軍ジェット機のバリバリという歯がきしるような爆音も、着弾寸前の対地攻撃ミサイルのキーンという音も聞いていなかった。連装二三ミリ高射機関砲や、もっと大口径の五七ミリや八五ミリの高射砲の絶え間ない砲声も、砲弾が不規則な模様を描いて炸裂《さくれつ》する音も、意識していなかった。

いたるところでガラスが割れ、晩冬の池に張った薄い氷よろしく窓ガラスが砕けているのも、知らずに眠っていた。ガス管が地中で爆発するくぐもった響きにも気づいていなかった。屋根が落ち、壁が崩れて、古い木材が割れる鋭い音も聞こえていなかった。

ジョシュを目覚めさせたのは、廊下を歩く彼女の忍びやかな足音だった。ジョシュの部屋の前を通り、表へ出ていこうとしている。

足音の主は、ジョシュの命を救った女性、マーラ・ダンカンだった。ＣＩＡ軍事補助工作員《パラミリタリー・オフィサー》のマーラは、あらゆる不利な状況に立ち向かって、進軍する中国軍の前線の奥でジョシュを見つけて、ジャングルを抜け、山を越えて、ＳＥＡＬチームとの会合点へ連れていった。続いて一行は、米陸軍将校二人が徴発したトラックと合流した。前進中の中国軍の目と鼻の先を通るはめになったが、なんとか脱出した。

たいがいの人間にとっても、想像もつかないような冒険だろう。だが、ジョシュはよりによって気象学者なので、なおさらありえないことに思えた。ベトナムに来たのは、地球温暖化がジャングルに及ぼしている影響を研究するためだった。ところが、それよりもずっと環境に対する影響が大きい人間の営為――山地のベトナム人村落で中国軍が行なった冷酷な大量虐殺――の目撃者になってしまった。

中国軍は、ジョシュの調査チームの同僚も皆殺しにした。ジョシュが殺されずにすんだのは、まったくの僥倖《ぎょうこう》だった――アレルギーのためにくしゃみで目が覚め、同僚たちが目を覚ましたり、心配したりしないように、テントを離れた。そのくしゃみのおかげで、命拾いをした。

戦闘が始まると、ジョシュは逃げた。だが、それは戦闘ではなく、一方的な虐殺だった。科学者たちも支援要員も、眠っているあいだに殺され、まったく抵抗できなかった。殺人者たちは、ジョシュを追跡してきた。ジョシュは必死で逃げ、闇のなか、故郷から地球を半周したところにある国で迷子になった。

身を守るすべもなく、独りぼっちだったが、逃げるのは卑怯《ひきょう》だと思った。なんとかして克服しなければならない弱さのように思えた。

突拍子もない愚考だった――多勢に無勢で中国軍の敵ではないし、事実、救い出されるまで何度も殺されかけた。素手で殺した一人も含めて、ジョシュも敵を殺した。勇敢であることに疑いの余地はなく、自分に自信を持っていいはずだった。

それでも、自分はしくじったという思いのうちに、ハノイのホテルの部屋の薄暗い明かりのなかで目を覚ました。

ジョシュは、ベッドで上半身を起こした。そこは一流ホテルではなく、外国の観光客が好むようなホテルでもなかった。家具調度は古びて、ぼろぼろになっていた。ベッドにはシーツしかない。それも、何日も替えられていない。戦争が始まってから、ずっとそのままなのだろう。埃《ほこり》やガラスのかけらがシーツの上に散らばっているのが見えた。戦争初日の空爆で窓が割れたときのものにちがいない。疲れていて、ホテルの従業員にいう気にもならなかった――頼んでも無駄だろうと思った。破片をそのまま床に落として、ベッドに倒れこんだ。それが数時間前のことだ。そしていまは、シーツの汚れが汗で肌にこびりついていた。

ジョシュは両手を胸に当てて、そっと下に撫でた。こびりついた埃を払い落とそうとしたわけではなく、自分が生きていることを確かめるための仕種だった。

みすぼらしくはあっても、ホテルはずんぐりした頑丈な造りだった。フランスの植民地だった時代の建物で、フランス人の建築家が念入りにこしらえていた。通りの向かいのビルは倒壊したのに、このホテルの頑丈な壁は、爆弾の弾子も寄せつけていない。中国軍の大口径砲の直撃には、まったく安全とはいえないまでも、外国人が泊まれる施設としては、ハノイでもっとも安全な建物だった。それに、むろんジョシュとその一行は、誰が見ても外国人だとわかる。

ジョシュは、脚をベッドからおろした。関節がきしみ、こわばっている。自分ではスポーツマンで、体力もあるつもりだった——ハイスクールでは、アレルギーのせいでときどき喘《ぜん》息《そく》が起きたのに、クロスカントリーと野球で優秀選手に選ばれている——しかし、ジャングルでの苦難は、ジョシュの肉体にとってほんとうの試練だった。膝《ひざ》は両方とも痛く、右ふくらはぎの筋肉がひきつり、首は軸受けにボルトを強くねじこみすぎたような感じだった。

窓の外の灰色の薄明かりを見て、午前五時ごろだろうと当たりをつけた。腕時計は、最初の攻撃の際になくしてしまった。ガラスの破片に用心しながら、ドアに向けてそろそろと歩いた。爆発によって崩れた向かいのホテルとは反対の横丁に面した部屋の正面に、破片が少し積もっている。誰かがはいってきて、大きな破片だけ掃き寄せたが、あとで始末するのを怠ったのだろう。

あるいは、そうする間もなく死んだのかもしれない。爆撃が始まってから、ハノイでは数千人の市民が死んでいる。

ジョシュはロックをあけて、ドアを引きあけた。大男が正面に立ち、戸口をふさいでいた。ジェンキンズだった。ジョシュを救ったSEALチームの一人で、〝きいきい声〟という綽名《あだな》がついている。

「ちょっと、あんた、どこへ行くんだ？」ジェンキンズがいった。

声がときどき裏返って、一オクターヴ跳ねあがるから、きいきい声。声が低くなったときには、寝不足のティーンエイジャーみたいな声になる。きいきい声になるのには、決まったパターンはない。あまりプレッシャーがかかっていないときにそうなるようだ。逆がふつうだとジョシュには思えるのだが。

きいきい声は、身長二〇八センチという巨漢で、がっしりしているが、太ってはいない。ダンガリーのズボンにボタンダウンのシャツという服装は、ベトナムの都会でよく見かける欧米風のいでたちだ。黒ずくめで、それが黒い肌と相まって、このビルに出没する邪悪な霊のように見える。地元の民話でいえば、先祖の霊への供物を探している飢えた亡霊というところだろう。MP‐5サブ・マシンガンは、めだたないように体の脇にくっつけている。隠し持っているといってもいい。

「便所に行きたい」ジョシュはいった。

「一緒に行く」

ジョシュは、ジェンキンズのあとをついていった。ジェンキンズは体を左右にゆすりながら歩き、肩が壁をこすりそうだった。

「ちょっと待て」洗面所の前に来ると、ジェンキンズがいった。

ジェンキンズは首を突き出してから、体を引き、ジョシュの腕をつかんで引き寄せた。一瞬、一緒にはいるのかとジョシュは思った――一人で用を足したいので、困った――だが、ジェンキンズは、誰もいないことを念を入れて確かめただけだった。

「外にいる。窓には近づくな」

ジョシュはうなずき、便器のほうへ行った。ありがたいことに洋式だった。だが、夜のあいだに断水していた。流そうとしたときに、それがわかった。

きいきい声が、外で待っている。

「水が出ない」ジョシュは教えた。「次に使うのはごめんだ」

「憶えておこう」

二人は部屋に戻った。

「いま何時?」歩きながら、ジョシュは訊いた。

「〇四一〇時」ジェンキンズの声が、甲高くなっていた。「どうして?」

「ちょっと知りたかった」

ジェンキンズは黙っていた。自分の声のことを意識しているのだろうかと、ジョシュは思った。

「さっき、誰かが廊下を歩いているのが聞こえた」部屋に着くと、ジョシュはいった。不意に、なかに戻りたくないと思った。「マーラだったのか？」

「音でわかったんだろう？」

ジョシュは肩をすくめた。「なにが起きた？」

「ミズ・ダンカンは、出かけないといけなくなった」

「午前四時に？」

「彼女のスケジュールは知らないよ、あんた」

「マーはどうした？」

「あの女の子か？」ジェンキンズの顔が、見るからに明るくなった。「かわいい顔して眠ってる。ほんとにかわいらしい」

「そうだな」ジョシュはいった。

中国軍侵略部隊に両親も村人も皆殺しにされたあとで、ジョシュはマーを救った。マーは六、七歳のようだが、ジョシュにははっきりとはわからなかった。

「あの子も連れていくんだろう？」ジョシュは訊いた。

「それは下っ端のおれが決めることじゃない」ジェンキンズが、にやにや笑った。「しばらく眠ったらどうだ？　二、三時間したら、大尉が探しにくる。先は長いぞ。空港からの出発便はないらしい」

「ここから飛行機で脱出するのか？」

「その予定だったが」

「そうか」

「どうやって脱出するか、まだわかってない」きいきい声がつけくわえた。にやりと笑う。

「泳いでいくのかもな」

北ベトナム

2

孫励《スン・リー》上校（大佐）が長広舌をふるっている最中には口を挟まないほうがいいことを、景悠《ジン・ヨウ》少尉は心得ていた。状況がいいときでも、孫の力強い弁舌には忍耐や理解はかけらもない。いまのように怒り狂っているときには、言葉を返しても怒りを煽《あお》るばかりだ。

不可能なことをやるのに失敗したせいで孫にどなりつけられるのは、腹立たしかった。しかも、文句の標的になって失敗というのは、孫が景の助言を顧みずに下した決断の結果なのだから、いっそう口惜しかった。しかし、ちょっといい訳しただけでも、嵐は長引くばかりだろう。若い桜桃の木が異常な厳しい冬に耐え、竹が台風をしのぐように、嵐をやり過ごすのが唯一の対策だった。

それらの比喩《ひゆ》は、純然たる詩的表現ではない。景が少林寺拳法の修行をした禅寺では、その両方の事象をときおり目にしている。鉤爪《かぎづめ》と呼ばれる峠で、師と向き合い、ひどく荒れた冬の夜に裸足で座禅を組んだ。嵐に巻きこまれて迷った旅人がいた場合に助けるというのが名目だった。だが、景はその真意を確信していた。名もなく現実には存在しないが、それでも始まりも終わりもあるわけではない、永遠に続いている道を歩むものとして、その真実の道を追究する熱意をためされるのだと。

それが景にとっての少林寺拳法だった。生命の道。それをおおまかに武術《カンフー》と呼ぶものもいる――僧兵の戦法であると。あるいは、古くさい時代遅れの迷信だと見なすものもいる。

「おまえはその男を殺す特命を受けている。それがわかっているのか？」孫がどら声でいった。「どこであろうと見つけたら殺す。自分の身がどうなろうと」

景悠は、小首をかしげた。わめき散らしていた孫が、急に命令を持ち出した。自分の気づいていないことがあるような気がした。

「大佐、われわれのスパイが、例の男はハノイに着いたといっているのでしたら」景はそっといった。「どうやって続行しろというのですか？」

「おまえは奇襲団員と称しているはずだ」孫がどなった。「細かいことまで、いちいち説明しないといけないのか？」

景は唇を噛《か》んだ。実際のところ、孫は、景がはじめて禅林の門を叩いたときに出会った禅僧たちほど、道理がわからないわけではない。だが、禅では、一見して不条理だと思われる事柄に、深い道理と趣意が秘められている。孫の理屈は混沌《こんとん》のための混沌だ――現実の上っ面に酔いしれて興奮しているだけだ。

「われわれの諜報員は、男がすでに街にはいったと考えている。おまえは諜報員たちと接触する方法について指示を与えられる」孫はいった。「情報部のブリーフィングもある。できるだけ早く出発したほうがいいぞ。夜明け過ぎでは、市内への潜入がむずかしくなる。必要な人数を連れていけ。この電話を使え。有効に使うんだぞ」

景は衛星携帯電話を孫から受け取った。貴重な装備だ。中国国内の政治的騒擾《そうじょう》が激しいので、人民解放軍も信用されていない。

「失敗は許されない」孫がいった。腕を組んだ。「わたしの堪忍はもう尽きかけている」

3

ハノイ郊外

マーラ・ダンカンは、車のリアシートに寝転び、できるだけめだたないようにした。とはいえ、それがセダンだったので、マーラがめだたなくても、車が目についていた。軍と無関係な車は、それしかない。

中国軍が侵攻する前のハノイは、朝の四時にはほとんどひと気もない街だった。いまは、まるでダンテの作品の一場面のように、地獄の業火《ごうか》が街じゅうで燃え盛っている。月のない夜空は、炎で赤みがかり、炎の中心からくねくねとのびる黒煙にときおり覆われている。その煙がぼやけた影を宙に投じ、異様なまでの暗黒をひろげていた。ハノイはまるでブラックホールの中心にあるようで、その物質は押し固められた一つの塊と化していた。理性を拒むありさまだったが、それでいて数学的には正しい。マーラ・ダンカンは、それらをすべて目撃していた。

「鉄道の線路。二〇メートル」リック・カーファー大尉がいった。SEAL小隊長のカーファーは、マーラが金で雇ったベトナム人運転手の隣りの助手席に乗っていた。運転手がベトナム人のほうが、停車を命じられたときに、作り話が通りやすいと、マーラは判断した。そういうときには黙っているようにと、マーラは運転手に釘を刺した。手が震えていることからして、しゃべりだす恐れはなさそうだった。

「まっすぐ行って《ディー・タング》」マーラは指示した。「線路を越えて」

運転手が速度を落とし、闇の中から列車が現われるのではないかと恐れているように、のろのろと踏み切りを越えた。

「右《ファイ》」マーラはいった。「ここで右に曲がって」

線路と並行にのびている細道に入り、そこを進みはじめた。二年前の型のトヨタが、激しく揺れた。

「ここでとめて」三〇メートルほど行ったところで、マーラは指示した。ドアをあけた。カーファーも自分の側のドアをあけた。

「だめよ、ここにいて」マーラは命じた。

「どうして待ってなきゃならないんだ？」

「わたしが戻ったときに、車がいなくなっていたら困る」

「この東洋人は盗みゃしないさ」

「いい子だから」マーラはドアを閉めた。「車に残って」

うしろに手をまわし、ベルトからベレッタ・セミ・オートマティック・ピストルを抜いた。

右手の線路がどうにか見える明るさだった。三〇メートル進むと、信号所が目にはいった。

マーラは立ちどまり、用心深く周囲を眺めた。左右に目を配り、まわりに誰もいないことを確かめながら、また歩いていった。さらに三〇メートル進んだところで、足をとめ、しゃがんで耳を澄ました。

自動火器の銃声が、ときどき遠くから聞こえた。歩哨《ほしょう》に立っている番兵が、神経質になって発砲しているにちがいない。前線はまだだいぶ西のほうだ。ハノイはいまのところ、ミサイルや爆弾以外の危険にはさらされていない。

ただしスパイはいる。中国の諜報員が、何十人もいるはずだ。

近くに人影がないことを確認すると、マーラは線路を渡り、来た方角へ引き返した。信号所の向かいまで行くと、叢《くさむら》にはいっていった。

ここに補給物資を入れた兵員用トランクがあるはずだ。それが見当たらない。

ゆっくりと前進した。なぜここにないのか、数多くの可能性が考えられるが、マーラは考えまいとした。プランBを組み立てたくなる気持ちも抑えようとした。そういうことにエネルギーを使うのはまだ早い。それが必要かどうかを確かめるのが先決だ。

第一、もうプランBではなくZまで達している。振り出しに戻らなければならない。

足がなにかを蹴飛《けと》ばした。立ちどまり、ゆっくりとそこへかがみこんだ。

空き壜《びん》。

立ちあがって、また歩いた。トランクはない。雑草と石ころだけだ。

空き壜のところに戻ってしゃがみ、叢を両手でかきわけて、見えるようにした。砂時計の形をした、昔のコークの空き壜だった。

あたりにはほかに空き壜はなく、思い返してみると、線路脇にもなかった。線路が野外のゴミ捨て場になってしまうアメリカなら、空き壜が捨ててあるのはめずらしくない。だが、東南アジア、ことにベトナム北部では、ゴミも貴重な物資なのだ。割れていない空き壜には、数十種類の使い道がある。

下に埋められているトランクの目印にすることも含めて。

マーラは指で地面をつついた。正面の土は硬かったが、右手の雑草はすぐに抜けた。地面を掘り起こして、埋め返してある。

指で掻くと、じきにトランクの上面に触れたが、全体を地面から持ちあげられるようになるまで、十分近くかかった。罠《わな》かもしれないと不安に思っていたので、何度か手をとめて耳を澄ました。

留め金に手をのばしたところで、またためらった。爆薬が仕掛けてあるのではないかと心配になった。アメリカ大使館のCIA支局が派遣した工作員が、これを用意した――しかし、その支局にはベトナムのスパイが浸透していることが判明している。そもそもマーラがバンコクの支局からベトナムに派遣されたのは、それを調べるためだった。ところが戦争が勃発し、マーラの任務は平凡なものから、興味深いものへと変容した。

殺そうとするのに、わざわざトランクを埋めるだろうか？　見つけやすい場所に置くのが自然だろう。

しかし、埋めてあれば、こちらが油断する。見つけて掘り起こしたときに、満足感にひたる。抜け目のない敵であれば、当然、そういう細かい点に気を配り、手抜かりなくそうするだろう。

どちらなのか、知るすべはない。マーラは折り畳みナイフをポケットから出して、刃をひらき、留め金をいじくった。縁に沿って切っ先を動かしていった――だが、いったいなんのためにそうするのか？

油断してはならないからだ。どんなときでも。ベトナムに来る前から、何度も身をもってそれを学んでいる。

ナイフでトランクの表面をなぞり、留め金の反対側にまわした。最初の蝶番《ちょうつがい》に食いこませて、こじあけた。

蝶番が取れた。一瞬凍りつき、それから耳を近づけて聞いた。

「おいおい、次はそいつにキスするのか？」

マーラはトランクを躍り越え、拳銃を構えた。背後から聞こえた声の方角へ発砲するのを、どうにか思いとどまった。

撃っていたら、カーファーではなくベトナム人の運転手に当たっていただろう。カーファーは哀れな運転手の脇腹にＭＰ‐５を突きつけて、そのうしろに立っていた。

「落ち着け」カーファーがいった。

「死ななくて運がよかったわね」マーラは身を起こし、ナイフを拾いあげた。

「まったくもう――自分の仲間が爆弾を仕掛けてると、本気で思ってるのか？」カーファーが訊いた。

マーラは聞こえないふりをして、二番目の蝶番をはずした。

「離れて」最初は英語で、次にベトナム語でいった。「念のためよ」

カーファーは忍び笑いを漏らしたが、運転手とともに数歩さがった。マーラは蓋《ふた》を左に動かし、次に右に動かしてから、ようやく押しあけた。

まず古着が見えた。マーラはＬＥＤの小さなペンライトを出して、トランクの内部の周囲を照らした。ＡＫ－47二挺、弾薬、衛星無線機一台、たぶん役に立たなくなっている携帯電話二台、地図数枚。それにバックパック。

それだけだった。

ちくしょう。

マーラは、バックパックをひろげ、空であることを確かめた。古着を見た――農村地帯なら役立つ野良着で、ここでは場違いだし、どのみちいま着ているベトナム風の黒いだぶだぶのズボンに長めの黒いシャツとそう変わらない。

ＡＫ－47を持ち、トランクが空になったことを確認した。それから、ふと思いついてかがみ、穴のなかも調べた。底と左右をさらに掘った。だが、土は硬かった。ペンライトであちこちを照らしたが、なにもなかった。

「用はすんだか？」上に立ちはだかっていたカーファーが訊いた。

マーラは答えなかった。起きあがり、ＡＫ－47を一挺ほうった。

「行くわよ」といって、トヨタのほうにひきかえしはじめた。

「ほかになにかあるはずだったんだな?」カーファーが訊いた。

「お金よ」マーラはいった。「札束がうなるほどあるはずだった。やられたわ」

4

ハノイに接近中の中国機

景悠《ジン・ヨウ》少尉は、セスナ180を〝参考〟にして中国が製造した哈爾濱《ハルビン》A180の昇降口で体を安定させ、下を流れているグレーと黒の樹冠を見守っていた。ベトナム人民軍の防空レーダーに探知されないために、A180は地表のわずか二〇メートル上を飛んでいた。行く手の障害物に激突するのを避けるために、ときどき上昇せざるをえないこともあった。梢が何度か機体をこすり、肉をえぐり取ろうとする虎の爪痕に似た掻き瑕《きず》をこしらえていた。

そういうきわどい瞬間は、景の望むところだった。パイロットが役目を果たしている証拠だ。隠密性《ステルス》がすべてに勝っている。

「前方にハノイ」パイロットがいった。

そのパイロットは、空中奇襲旅（旅団）に属している。景はかすかに見おぼえがあった。景の部隊は、昨年、空中奇襲旅と何度か合同演習を行なっていた。

「ここに来るのは三度目だ」景が黙っていると、パイロットは語を継いだ。「昨夜、二度。炎がだいぶ明るくなった」

冗談をいったつもりらしい。

「じきに燃えるものもなくなる」パイロットは続けた。「おっと、気をつけて!」

機体が不意に右へかしいだ。黄色い円錐形の光芒《こうぼう》が、すぐうしろで空に向けてのびていた。機影を見たか、抑えられている爆音を聞きつけて、ベトナム人民軍が探照灯を点《つ》けたのだ。

機体が揺れはじめた。赤と黄色の炎の流れが、弧を描いて上空へほとばしった。最初は後方だったが、しだいに周囲から迫ってきた。

「つかまれ」パイロットがいった。気さくな口調は影をひそめていた。人間らしい温かみのない、機械のように冷たい声だった。

景にとっては、ありがたい変化だった。

情報部は、景のターゲットの身許《みもと》を突き止めていた。ジョシュ・マッカーサーというアメリカ人科学者。ハノイにいるが、大使館内ではない——情報部はアメリカ大使館に最高の情報源を持っているので、そこにいればすぐにわかると、情報将校が景に説明した。諜報員一人が現地での連絡担当に任命され、必要とあれば衛星携帯電話で重要な情報が得られるが、それ以外はほとんど景の単独任務になる。

A180が左右にジグザグ飛行し、やがて機体を傾けて旋回を始めた。景には、ひきかえしているように思えた。遠くの火災を眺めながら、景は無言で昇降口に立っていた。戦争前のふつうの夜であれば、眼下の明かりはもっと少なく、遠くに見えるハノイの明かりはもっと多いはずだ。だが、いまのハノイは地形に溶けこんだ黒い穴で、火災といくつかの探照灯のみでそれとわかるだけだった。

また閃光《せんこう》が走った。調べ終えた部分にペンで×を描くように、空を交差している。パイロットはそれを避け、調べられていないところへ飛ぼうとした。

赤い噴水が出現し、夜空に傷口がひらいたように見えた。銃手が射撃の目安に使う曳光弾《えいこうだん》の輝きだ。曳光弾は五、六発ごとに発射されるように装弾されるものだ——景には、はっきりとはわからなかった。もっと少ないかもしれない。とにかく、見える光の条《すじ》一本に対して、その数倍の見えない弾丸が飛んでくる。高射砲弾は、拳ぐらいの大きさの金属の塊だ。A180のような軽飛行機は、ナイフを突き刺された紙みたいに破けてしまう。一発当たっただけで墜落するだろう。

「三分」落ち着き払って、パイロットがいった。

「東へ行くのか？」景は訊いた。

「南だ。心配するな。予定どおりの場所で降下できる」

景は待った。高射砲の射撃は衰えなかった。ゆっくりと呼吸し、全身の筋肉をほぐそうとした。ここ数日、酷使されてきた筋肉は、これから数日、またもや酷使されることになる。

単独で任務を行なうというのは、景の判断だった。そのほうが現実的でもあった。ハノイには闇にまぎれて侵入するほうが容易だし、夜明けまで時間がない——もう六時近い。中国軍が占領したベトナム人民軍基地の兵舎に戻って、部下に装備を整えさせているような時間はなかった。

たとえ時間の余裕があっても、単独で潜入することにしていたにちがいない。班（分隊）

の部下たちは大部分が信頼できるし、この困難な任務をこなせる兵士をすぐに一人か二人見つけることができただろう。しかし、単独行動の訓練を受けているし、そのほうが性に合う。一人でやったほうが、任務達成を妨げる不特定多数のミスが生じる可能性が低い。自分の仕事だけに集中でき、部下の身を案じる必要もない。いくら困難な任務でも、指揮官には部下に対する責任がある。

Ａ１８０の機首が上向いた。降下地点は近い。

「敵の自走高射砲は、第一降下地点に近い」パイロットがいった。「それを護《まも》る地上パトロールが付近にいて、降下を見られる恐れがある。後方降下地点に変更するか？」

「どの？」

「バイマウ湖の二キロ南で降下できる。それでどうだ？」

「それでいい」

「ベトナム人民軍は、陸軍の指揮所をすべて街の南に移した」パイロットが続けた。また愛想よくなっている。「掩蔽壕《えんぺいごう》がある。三キロ南のそこにいる。われわれに知られていることに、やつらは気づいていない」

景は闇に目を凝らした。掩蔽壕があるとしても、高射砲陣地の向こうだから、見えるはずもない。

「つかまれ。旋回する」パイロットがいった。「もっと静かな空に行かないと、撃ち落とされる」

パイロットは笑った。

景は昇降口脇の手がけをつかんだ。機体ががくんと揺れて、旋回にはいった。機首が不意に持ちあがった。胃が下のほうに押しつけられた。

五秒ほどそのままで飛び、さらに十秒が過ぎた。安全な空に達していた。

「三〇〇メートル」パイロットがいった。「五〇〇まで上昇する」

突然、探照灯の光芒が空を覆った。パイロットが悪態をついた。曳光弾が昇降口のそばを通過した。

「降下する」昇降口のほうに体を傾けて、景はいった。

「ここでは降下させられない。死ぬぞ！」

「そうするしかない」景はそういって、闇に踏み出した。

5

ハノイ中心部

少尉になりたてのほやほやのころ、ズース・マーフィーはイラク戦争のさなかに、イラクへ出征した。ほとんどの期間、バグダッドとその周辺にいた。自爆テロや迫撃砲とロケット弾による無差別攻撃が、いまだに横行していた。苛酷《かこく》な日々だったが、のちにグリーン・ゾーンと呼ばれるようになる警備の厳重な地域にいたときでも、夜はつねにぐっすりと眠れた。それどころか、隣りの部屋が損害を受けたような迫撃砲攻撃の最中も眠っていたことが、二度ばかりあった。

このハノイでもおなじだった。SEALとCIA軍補助工作員マーラ・ダンカンのアメリカ人科学者救出任務のほころびを直してやり、気持ちが高揚していたおかげかもしれない。一年ほど前に少佐に昇級し、特殊部隊を離れてから、〝本物の〟任務は一度もやっていない。それとも時差ぼけのせいか。とにかく、マットレスに倒れこむやいなや、マーフィーは眠りこんでいた。通りの向かいに配置された高射機関砲はおろか、中国軍の爆弾やミサイルも、深い眠りをまったくそこねなかった。

そのホテルは、自嘲《じちょう》をこめることなく〈ハノイ最高級《ファイネスト》ホテル〉と称していた。ベトナム語では、幸運な意味を含んだ文字を選んで組み合わせる。その点では、じつに立派な名称だった。ホテル自体は、そう幸運だったとはいえない。ホテルの建物は、フランスの植民地だった時代に建設された三つの部分から成っている。フロント、ロビー、オフィスに使われている、もっとも古い部分は、いささか建築美術に力点を置いた洋式だった。柱も漆喰《しっくい》もひどく凝った装飾で、数十年のあいだ白いペンキを塗り重ねても、完全には消滅していない。カーテンや絨毯《じゅうたん》は擦り切れているが、その模様からして、贅沢《ぜいたく》とはいえないまでも、デザインや色彩のセンスがあったことがうかがえる。

だが、最古の部分からくの字に曲がって連なっている増築部分二カ所は、実用一点張りの角ばった造りで、天井が低く、廊下が狭かった。ベトナムの基準からしても部屋が狭く、ドアを半分あけるだけで、マーフィーの寝ているシングルベッドにぶつかる。

アメリカとの戦争のときも、なぜかこのホテルには被害がなかった。それを卓越した特徴だと解釈したベトナム人は、ロビーに二枚も看板を設置して、わざわざ自慢している。じつは、中心部の繁華街の南では、ほとんどの建物が損壊をまぬがれていた。米軍の爆撃はときどき不正確なこともあるが、非誘導の単純な爆弾を大量に投下するB－52の大規模爆撃では、一般市民が住んでいると明確にわかっている区域を避けていた。

マーフィーと上官のハーランド・ペリー将軍は、この戦争で中国はそんな斟酌《しんしゃく》はしないはずだと見ていた。

ペリーは、一・五キロメートル離れた迎賓館に泊まっている。運転手と警護要員も一緒だ。

ペリーの小規模な幕僚部——マーフィー、ウィン・クリスチャン少佐、情報と通信を担当する軍曹二人——は、アメリカ大使館に行ったあとで、そのホテルに投宿した。

公式にはペリーとその随員はベトナムにいないことになっている。全員が私服で、万一誰かになにをしているのかと質問された場合には、大使館に所属していると曖昧《あいまい》に答えるよう指示されている。

非公式には、中国がなにを企んでいるのかを探るために、オブザーバーとして来ている。できれば、ベトナムが先に攻撃したという中国の主張が事実であるかどうかを突きとめる。

隠密裏には、そして現実には、一行はアメリカ合衆国大統領の直接命令を受けている。中国がベトナムを席捲《せっけん》するのを防ぐために、あらゆる手段を駆使するよう命じられている。

「少佐」

マーフィーは寝返りを打った。

ジェナが一緒だった——夢のなかで。マーフィーはジェナの脇腹に体を押しつけて、片腕をまわし、左手で乳房を探した。

「マーフィー少佐」

誰かが部屋のなかにいるのだと、マーフィーはじょじょに気づいた。女だ。

だが、ジェナではない。ベッドのなかでもない。

くそ。

「ズース」

「うーん」マーフィーはつぶやいた。

「ズース。起きてるの？」

手が触れた。大きく、温かく、いくぶんやわらかい。

「ズース」

「うーん」

「ズース、話があるの」

マーフィーは寝返りを打って、目をあけた。マーラ・ダンカンが、ベッド脇に立っていた。

廊下に通じるドアがあいている。

「マーラ」マーフィーはつぶやいた。

「ズース、早く起きなさいよ」

「どうやってはいった？」

「ピッキングよ。さあ。話をしないといけないのよ」

「あー、なんの話？」

「ここじゃだめ。服を着て。ロビーで待ってるから」

ジェナとおなじで強引だな、とマーフィーは思った。ただし、ずっと態度が悪い。

マーラは、ロビーの馬鹿でかいフランス風ソファで、従業員が運んできたコーヒーを飲み、クロワッサンを食べながら、マーフィーを待っていた。西洋式のコンチネンタル・ブレックファストはこのホテルの伝統で、スタッフが大幅に減ったにもかかわらず、支配人が守り抜いていた。

クロワッサンは、二、三日前のものではないにせよ、作られてから一日はたっていた。それでも、オーブンで温め直したらしく、新鮮な感じだった。マーラはパリに何度か行ったことがあり、おいしいクロワッサンも味わった――サクサク、ふんわりとして、内側にはジャムをたっぷり吸収できる気孔がある。

仕事中は、ささやかな贅沢が大切だと、マーラの上司のピーター・ルーカス支局長がいつもいっている。そういう機会を逃してはいけない、と。

マーラはもう一つクロワッサンを取り、指で二つにちぎると、両側にジャムを塗った。ブドウのジャムというめずらしいもので、たぶん戦争前にはあまり需要がなかったにちがいない。

ジャムは、黴菌《ばいきん》や虫や埃を防げるように、小さなビニールのチューブにはいっていた。しかし、戦争には太刀打ちできない。

マーフィーが奥から現われ、フロントの前を通った。自信に満ちた、悠然とした足どりだった。眠そうな目だが、目的ありげな歩きかただ。部屋に颯爽《さっそう》とはいってきて、あたりを支配するたぐいの男だが、カーファーのような荒くれたところはない。マーフィーは明らかに上昇志向が強い。

「ハイスクールでフットボールをやっていたでしょう」マーフィーが座ると、マーラはいった。

「質問かな？」

「いいえ」マーラはコーヒーをひと口飲んだ。

「身上調書でも見たのか？」

「いいえ。見ればわかる」

「ああ、やっていた」

「クォーターバック？」

「フォワードパスで学校の記録を持っていた。次の年に、ミシガン州立大へ行ったやつに破られた」マーフィーはにやりと笑った。ウェイターが、カップにコーヒーを注いだ。

「そう」マーラはいった。「クロワッサンはどう」

「どういうことだ？」

マーラは、かすかに首をふった。ホテルに盗聴器が仕掛けられていると確信していた。

「ああ」マーフィーがその意味を悟った。コーヒーをごくごく飲んだ。

「もっと混乱していると思っていたのよ。それに、めちゃめちゃに破壊されていると」

「どっちもあちこちで見られる」マーフィーはいった。

「でも、これもある」マーラは、クロワッサンを差しあげて見せた。

「うまいか？」

「食べてみて。それから散歩に行きましょう」

コーヒーは、マーフィーがいつも飲むものよりもずっと濃かったので、二人で表に出ていったとき、カフェインで頭がくらくらした。ホテルのアメリカ人保護のために、ベトナム人民軍部隊が配置されていた。通りの向かいに、トラックが二台駐まっていた。そばで兵士五、六人がたむろしている。一人残らず煙草をくわえていた。

ホテルから出てきたマーフィーとマーラを、兵士たちはじろじろ眺めた。欧米人に興味があるのだろうと、マーフィーは思った。いわば、小さな町にやってきたサーカスの曲芸師のようなものだ。

「ホテルが盗聴されていると思っているんだな？」脇道に折れると、マーフィーは訊いた。

「フン」マーラがいった。

かすかに鼻を鳴らすような音だったが、黙っていろという口吻《こうふん》が伝わってきた。叱《しか》られたマーフィーは、マーラとならんで歩き、角を曲がって、もっと広い通りに出た。まだ陽は昇っていない。

「ハノイははじめてなんだ」マーフィーはいった。「現実の人生ではね。でも、ここを舞台に、あらゆる種類の机上演習《ウォー・ゲーム》をやってきた――現実とかなり近いよ」

「シミュレーションでは、ビルの煉瓦《れんが》が崩れても死なない」マーラはいった。

「爆弾が当たっても平気だ」マーフィーはいった。

ジョークのつもりだった――緊張をほぐそうとして、気のきいたことをいおうとした。だが、反応は鈍かった。マーラは、なにかに腹を立てていて、機嫌が悪いように見えた。昨夜、車を走らせていたときには、これほどシニカルでも、つっけんどんでもなかった。

まあ、戦争のさなかだからしかたがない。われわれを殺そうとしているやつらがいる。誰だって、上機嫌ではいられないだろう。

マーラは、ふつうの尺度では美人とはいえない。とはいえ、不美人ではないし、男好きのするところがある。身長は一八〇センチ以上だし、ボーイッシュなので、マーフィーの好みではなかった。不格好な黒いだぶだぶのベトナム人の服も、見かけをそこねている。

「アメリカ大使館を信用してはだめ」不意に道路を横断しながら、マーラがいった。

「えっ？」

マーラは、マーフィーがついていくのに苦労するほどの速さで歩いていた。

「あいつらを信用しないこと」

「大使は感じがよかった」

「感じがいいなんて、なんの意味もない。それに、問題はあの人じゃない」

マーラが右に曲がった。目的の場所が、はっきりとわかってるようだった。あたりの建物は、二、三階建ての石造りで、商店や集合住宅にくわえて、ところどころにオフィスビルがあった。看板は彩り鮮やかなベトナム語で、英語や見慣れたロゴも点在していた。キヤノンの看板があり、通りの向かいの銀行はＨＳＢＣだった。ボール紙に英語とベトナム語で〝休業中〟と記されたものが掲げてある。

「サイゴンまで行かないと」マーラがきっぱりといった。「ここの空港は危険すぎて使えない。いつ中国軍に撃破されるかわからない」

「そんなことはない」マーフィーは反論した。「さしあたり危険はない」

「CIA本部《ラングレー》と議論している時間はないのよ」本部のお偉方とのやりとりのことだ。「それに、本部がわたしの話を信じないようなら、ほかの誰の話も信用しないでしょう。サイゴンには飛行機を用意してある。なんとかそこへ行かないと」

「理解できない」マーフィーはいった。「昨夜は、きみもSEALも、けさ空港から撤退するつもりでいたんだろう」

「そうよ。物事は変化するの。ことにベトナムでは」

ハノイ中心部のビジネス街を通って、マーラは歩きつづけた。ホテルにいた兵士たちが尾行しているはずだが、姿は見えなかった。

それで充分だった。直視できる範囲にいなければ、ショットガン形の集音マイクで盗み聞きすることはできない。もっとも、そういう装備は見ていないが。

過度の猜疑《さいぎ》心にとらわれているのか。それとも、自分たちの体に盗聴器が……。くそ。

「とまって!」マーラは、マーフィーのほうを向いた。「靴を脱いで」

「靴を?」

「どこで手に入れたの?」

「うちから履いてきた」

マーフィーは、歩道のまんなかに片足で立ち、右の靴を脱いだ。マーラが受け取り、靴底となかを調べた。

「爆弾でも探しているのか?」マーフィーは訊いた。

「反対も」マーラがしつこくいい、手を差し出した。

マーフィーは左の靴を渡した。次にマーラが、シャツを脱ぐようにいった。

「ズボンも脱ごうか?」

「自分で調べて」いいながら、マーラは縫い目を指でなぞった。CIAには、シャツの前身頃やボタン穴の脇に縫いこめるほど小さい盗聴器がある。だが、ベトナムにはそんなテクノロジーはないだろう。とにかく、CIAではそう判断している。

だからといって、絶対にないとはいえないことを、マーラは知っていた。

マーラをとらえているのは、過度の猜疑心ばかりではなかった。怒りもあった。CIAに腹を立てていた。本部とそこで組織を動かしている馬鹿者どもに対して、激しい怒りを感じていた。ピーター・ルーカスにも満足しているとはいえない。話をする必要があるのに、何度やっても連絡がとれない。CIA勤務が長いので、マーラにはその原因が推測できた。東南アジアの作戦の暫定的な責任者となったルーカスは、ホワイトハウスの御前会議に参加するためにアメリカに呼び戻されたのだろう。

馬鹿者ども。

それに、投函所のトランクにあるはずの一万ドルがなかったという問題がある。精いっぱいいいほうに解釈しても、支局の雇っている人間のなかに泥棒がいることになる。

「さて、きみの服を調べさせてもらおうかな」マーフィーがいった。

「くだらない冗談はやめて」マーラは、マーフィーにシャツを返した。「ベトナム側からもらったものはある？」

「消化不良」

「察しがついていないといけないから、念のためにいうけど、わたしは機嫌がよくないの、少佐」

「まさか。これまでずっと、きみのジョークで笑い転げてきたのに」

「歩いて」マーラはまた歩きはじめた。

「それで、計画は変更になったんだ」マーフィーも大股でならんだ。「そのせいでご機嫌ななめなんだね」

「空港は閉鎖された。当然、予想されたことじゃないの」

「船で逃げればいい」

「中国が海上を封鎖しているだろうし、それを確かめるために海岸に近づくことすらできないわよ」

ＳＥＡＬチームは、陸地からかなり離れた沖で潜水艦からおりて、会合したヘリコプターに乗り移った。SEALチームをおろすと、潜水艦はただちに北上し、中国沿岸に接近した。当面、脱出に使うことはできない。

「ちょっと刺々《とげとげ》しい口ぶりだね」マーフィーはいった。

「そうよ」

ほとんど走りかけていることに、マーラは気づいた。歩度をゆるめ、気を静めようとした。腹を立ててもしかたがない。計画はつねに変わるものだ。

「コーヒーの飲みすぎ」マーラは、マーフィーにそういった。

「よく眠れなかったんだね」

ジェット機が頭上をすさまじい速さで通過した。マーフィーが足をとめ、音の方向を向いて、爆撃に身構えた。マーラはなんとなくほっとした。マーフィーですら緊張している。自分の神経がささくれ立っているのは、当然の正常な反応なのだ。

「偵察飛行だろう」マーフィーがいった。

「とにかく、結論は、南に行く必要があるということ」マーラはいった。

「ミン将軍に話をしてもいい。護衛をつけてもらえるはずだ」

「護衛はいらない。注意を惹くようなものは、なにもいらない。しかたないことはべつとして」外国人なので、どのみち目につくはずだった。

「ベトナム側を信用していないんだな」

「そうよ」

「ミンも？」

マーラはＣＩＡ本部から、ベトナム人民軍の参謀本部には中国の諜報員が浸透していると考えたほうがいいと注意されていた——マーラとしては、確実に浸透していると見なさなければならない。ＣＩＡが中国から情報を得ている手段があばかれる恐れがあるので、本来なら、打ち明けてはならないことだった。とはいえ、マーフィーが二と二を足すような単純な推理をして、自分の身を護るほうが望ましい。

「わたしは誰も信用していない」マーラはいった。「中国はここに巨大な諜報網を敷いているの。きわめて優秀な諜報網を」

「わかった」

「だから、南へはこっそりと行きたい。ベトナム側は、ジョシュのことを知らない。ジョシュがやっていた国連任務について、ほとんど知らない」

その任務にはＣＩＡの手が及んでいた。ジョシュはそれにはからんでいないが、その秘密も守らなければならない。国連チームにまぎれこんでいた工作員は、中国軍の襲撃により殺された。

「南へ通じているどの道路が通れるのか、知る必要がある」マーラはいった。「それが先決」

「すべて通れる」マーフィーはいった。「貯水池の南は」

「これから十二時間、通行可能な状態かしら？」

「なんともいえない。中国が次に打つ手による。わたしがやつらの立場なら、東に転進し、ハノイを攻撃する。それに、海からも侵攻する。もっとも、わたしがやつらの立場だったら、最初からちがう戦略をとっていただろう」

「状況を把握する必要があるかもしれない」マーラはいった。「あなたと話ができるようにしておきたい」

「電話してくれ」

「名案ね」

「皮肉なのかな？」

角を曲がると、マーラがまた歩度を速め、そのブロックのなかほどにある、ドアが鮮やかなグリーンに塗られた建物に向かった。立ちどまってあたりをうかがってから、玄関の向こう側の地下におりる階段へ行った。マーフィーが続いた。

マーラはノックした。ドアをあけたのは、白髪まじりの小柄なベトナム人女性で、マーラに期待するような目を向けた。

「四台」マーラは、ベトナム語でいった。

一台一〇〇ドルだと、女がいった。

「全部で一〇〇〇万ドン」マーラはいった。

「ドル」

「ずっとドンで払ってきたじゃない」

マーラは、ここで電話を買ったことはないし、そもそもベトナムで電話を買ったことなどない。しかし、信じてもらえそうな嘘だった。ドンで払うつもりは毛頭ないのだが、とぼしい手持ちのドルを節約するために、精いっぱい値切ろうとしたのだ。

「電話はいつでもドルだよ」英語に切り換えて、女がいった。

「両替できないでしょう」マーラは、ベトナム語でいい返した。

「両替はこっちの問題だよ」女が、今度はベトナム語でそういった。一台九〇ドルでと持ちかけた。だめだといって、マーラはひと呼吸置き、背を向けて離れかけた。

「その手にゃ乗らないよ」女がいった。

マーラは知らんぷりをした。歩道に出たところで、一台五〇ドルでいいと、女がいった。

「高すぎる」マーラはいった。

「だんなさん、奥さんのために買ってあげて」女が、英語でマーフィーに訴えた。

「奥さんじゃない」マーフィーはいった。

それを聞いて、女はわけがわからなくなったようだった。

「四台全部で一〇〇ドル」マーラはベトナム語でいった。

女がしかめ面をした。「ベトナム語がずいぶん上手だね」と、マーラにいった。「それなら、あたしたちの国がどんなに貧しいか、知ってるだろう」

マーラが知っているのは、電話が盗品にちがいないということだった。だが、交渉のいまの段階でそれを持ち出すのは、得策ではない。

「全部で一〇〇ドル」マーラはくりかえした。

女が目を閉じた。

「一〇〇ドルで三台やるよ」女がようやくそういった。

マーラはそれで話を決めた。

携帯電話三台の裏に、番号を書いた紙がテープで留めてあった。だが、その番号は使わない。二ブロック離れたところで、マーラは腰かけられる木箱を見つけた。携帯電話のカバーを慎重にあけて、新しいＳＩＭカードに入れ替えた。電話機の頭脳が交換されたことになる。

マーラは、一台をマーフィーに渡し、あとの二台を自分が持った。

「電話をかけるのは、一度だけにしたほうがいい」マーラはいった。「でも、わたしが連絡して捨てろというまでは、持っていてちょうだい。ベトナム当局が携帯電話の通話をすべて傍受していることを意識して。いいわね？」

「その――」

「だから、話は聞かれていると想定しなければならない。それまでには中国も盗聴を始めているでしょう。番号を連絡するわ。ベトナムの公路の番号よ。それから場所をいう。その場所の南の道路が通行可能かどうかを訊く。あなたはイエスかノーで答えて。それだけよ。それ以上、なにもいわないこと。盗聴されていると想定して」

「もっと複雑な質問があるときには、どうするんだ？」

「そのときは、ぶっつけ本番でやる」

「わたしにできる支援は、それだけか？」

ジョシュが撮影した虐殺現場の動画と静止画像のコピーをマーフィーに渡そうかと、マーラは一瞬考えた。安全な暗号化手段がないので、ファイルで送信しないようにと、政府上層部はマーラに命じていた。中国に傍受される恐れがあるし、中国はＣＩＡとおなじように、民間の暗号化技術をすべて解読できる。画像を手に入れたら、なんらかの方法で改竄《かいざん》し、アメリカが公表する前にそれを流すだろう。

だが、よしんば脱出できなかったとしたら。マーフィーがバックアップになる。

だめだ。命令は具体的なものだ。ファイルに関しては、誰も信用してはいけない。たとえ相手がアメリカ人でも。名前は出ていないが、たとえマーフィーでも信用してはいけないということだ。

「あなたにやってもらえる支援は、それがすべてよ」マーラはいった。「ホテルへの帰り道はわかる？」

マーフィーは、あたりを見た。「正直なところ、自信がない」

「あそこを右に曲がって、二ブロック先で左に曲がる」マーラは指差した。「ホテルのある通りに出るわ。そのまま進めば、ホテルに帰れる。わからなくなったら、尾行している兵士に訊けばいいのよ。一ブロック半うしろにいるから」

6　ハノイ上空

空に踏み出すと、安堵《あんど》がこみあげた。

景悠《ジン・ヨウ》少尉は、両肘を脇にぴたりとつけ、脚を折り曲げていた。パラシュートをひらくのは、ぎりぎりまで待ちたかった。

眼下の街が大きくなり、黄色い斑点《はんてん》が探照灯や砲火だと見分けられるようになった。パラシュート降下は何度となくやっているので、開傘索を引く瞬間は、手首の高度計を見るまでもなくわかっていた。光の瞬きがとまるまで待てばいいだけだ。

開傘索を引かず、そのまま落ちつづけたら、どうなるのだろうと思った。

生命の消滅は、いずれ誰にでもおとずれる至福のときだ。しかし、定められたときよりも前に運命からそれを盗み取ろうとするのは、不遜《ふそん》な行為だ。道は果てしなく続いている。運命の輪がまわるときに、ずるをしてそれを手に入れたなら、次に運命の輪がまわるときには、その代償を払わなければならない。

景は開傘索を引いた。主傘が上でボンという音とともにひらいて、肩と太腿《ふともも》が強くひっぱられる。トグルを握り、舵《かじ》を取りはじめた。

着地するのに、暗い場所を見つけたかった。目のかすみをふり払って、焦点を合わせようとした。自走高射砲がいまも射撃を続けているが、景をここまで運んできた軽飛行機を追い、北西に移動していた。

畑だと思ったところに狙いをつけたが、それが道路の突き当たりの大きな平屋だとわかったときには、手遅れになりかけていた。右に体を傾け、パラシュートをゆすって、なんとか裏庭に向かった。バックパックが一瞬早く地面にぶつかって、着地のタイミングを教えてくれた。

それからの数分は、あっという間に過ぎた。景はパラシュートをまとめた。建物の裏に大きなごみ容器があったので、そこに突っこんだ。降下用ヘルメットとゴーグルもおなじように始末した。バックパックをあけて、街まで行くのに使う折り畳み自転車をひろげた。拳銃を出して、ベルトに挟んだ。ナイフもすぐに出せるようにした。靴も履き替えようかと思った——降下用の頑丈な戦闘靴を履いていた——だが、思い直した。

そしてようやく、自転車で出発しようとした。

ところが、ペダルに足を載せたとたんに、犬の吠え声が聞こえた。そのときはまだ、鳴き癖のある飼い犬が、畑からいつもとちがう匂いが漂ってくるのを嗅ぎつけたのだろうと、高をくくっていた。

やがて叫び声が聞こえ、誰かが追ってくるのだと気づいた。

景は、懸命にペダルを漕ぎはじめた。前方の道路が明るくなる——ヘッドライトが、背後から近づいてくる。その光が、道路の右側の錆《さ》びた金網のフェンスをとらえてから、逆を向き、今度は左手にならぶ家々から反射した。

景は肩ごしにうしろを見た。ピックアップ・トラックが迫ってくる。

いくら力強い自転車乗りでも、車にはかなわない。加速したピックアップが迫ってきて、横にならんだ。

男二人と犬が二頭、荷台に乗っていた。運転手が窓をあけた。

「おまえ」運転手がどなった。「なにをしている?」

「仕事場に行かないといけないんだ」景はペダルをせっせと漕ぎながら答えた。道路の両側に家がある。いざという場合には、その蔭に逃げこめばいい。

犬をどうやって撒《ま》けばいいのか?

「どこで働いてる?」

景が答える間もなく、荷台の男たちが、落下傘兵を見なかったかと訊いた。

景はベトナム語にかなり堪能だった。ベトナムに潜入する任務のために訓練を受け、何カ月も教官と会話をした。だが、百科事典なみの語彙《ごい》はない。落下傘兵を意味するベトナム語は知らなかった。

「なんだって?」景は訊き返した。

「兵隊だよ。見たか?」

「わからない」景は答えた。

「空から」相手がいった。

「飛行機か?」

「無知な農民だな」

運転手がアクセルを踏み、離れていった。景は顔を伏せて、ペダルを漕いだ。荷台の男たちが、犬の吠え声よりひときわ高く叫ぶのが聞こえた。

ピックアップが、急停止した。

景の左手は、家が密集していて、逃げ道がなかった。フェンスを越えてひらけた畑に出るほうがましだが、よじ登っているあいだは無防備になる。それに、どちらにしても、自転車を捨てなければならない。

「おまえの履いてる靴はなんだ?」景が近づくと、荷台の一人がどなった。

景は自転車をとめた。「靴?」

「おまえは脱走兵か?」

「撃ち落とされた戦闘機のパイロットかもしれん」もう一人がいった。二人とも、犬の引き綱を強く握っている。番犬の訓練を受けているとおぼしい、外国種の大型犬だった。民兵のたぐいか、非番中の警官かもしれない。

「おれがパイロットに見えるか?」景はいった。

ペダルに足を載せて、そばを通り抜けようとした。目はまっすぐ前を見ていた。

犬の吠え声が激しくなり、不意にそれがやんだ。

放されたのだ。

どんな人間でも、どんな状況でも、均衡が保たれる一瞬がある。静止状態になる。外面と内面が、乱れから解放され、静かな均衡が訪れる。景はその一瞬に達し、意識のなかで均衡を見出した。

そして、攻撃した。

一頭目がズボンの裾《すそ》に食いついたとき、自転車が体の下から飛んだ。景は犬の頭を踏みつけて、頭蓋骨《ずがいこつ》を砕いた。その動作で無防備になったところに、二頭目が飛びかかった。景は両腕をあげ、ぶつかってくる犬をどうにか抱えこんだ。左に転がって、犬の体重と勢いを利用して地面に押しつけ、膝で肋骨を押しつぶした。

犬が悲鳴をあげて口を閉じ、歯が鳴った。すぐに鼻面ががくんと垂れ、身動きもならず、死に際の苦しげな息を漏らした。

景は飛び起きた。荷台の二人は呆然《ぼうぜん》として、口をぽかんとあけ、景のほうを見ていた。景は身を躍らせ、左右の拳を構えて二人に飛びかかった。一人の喉を殴りつけたが、もう一人は仕損じた。向きを変えて、その男を視界に捉えると、胸を蹴った。男の体が、ピックアップのリアウィンドウにぶつかる。景は男の顔を蹴ってから、空手チョップを首に見舞った。

男の首が折れた。

もう一人は、最初の一発を食らったときに倒れていた。景はその上に飛びおりて、背中を踏みつけた。転がして仰向けにすると、食道を踵《かかと》で押しつぶして、窒息させた。

トラックが急発進した。景は荷台に伏せた。膝を突いて、そこにあったＡＫ－47をつかんだとき、運転手がタイヤを鳴らしてカーブを切った。景はリアウィンドウに銃口を突っこみ、引き金を引いた。

その銃撃で死んだ運転手が倒れてハンドルにもたれかかったため、ピックアップが蛇行しはじめた。死んだ運転手の足が、アクセルをそのまま踏みつけていたので、車体がかしぎ、道路からそれて、小さな家の庭に突っこんだ。

景が左手で運転台の屋根を押して体を放し、反対側に飛びおりた刹那《せつな》、ピックアップはひっくりかえって、家に激突した。景は地面を転がった。一瞬、五感が麻痺《まひ》していた。

沈黙が流れた。

女の悲鳴。子供が泣き出した。

景はぱっと立ちあがり、駆け出した。

景がハノイ市内に着いたときには、八時近くになっていて、街はすっかり目覚めていた。避けなければならなかった検問所は、一カ所だけだったが、犬やピックアップとの遭遇で、景は用心深くなっていた。戦闘靴は捨て、ＡＫ－47も身を護るために持っていたかったが、おなじように始末した。欧米風のブルージーンズ、安物の運動靴、拳銃を隠せる大きめのスウェットシャツという格好で、ベトナム人学生のように見える。バックパックには、ベトナム企業のロゴが描かれていた。

景が前にハノイに来てから、一年以上たっている。前回に来たときの印象は、完全に消え失せていた。街の北半分には黒煙が漂っている。空港や官庁街、軍の施設がある場所の上空が、もっとも煙が濃かった。景は紅河《ホンハ》に沿って進み、フクタン港を目指した。チュオンドゥアン橋とその北のロンビエン橋は、破壊されていた。焼け焦げた車の残骸が、水際近くの道路に散乱していた。小型貨物船が数隻、爆撃を受けたか、それとも泡を食って陸地に乗りあげたようだった。もっとも手前のガソリン運搬船は、火災の煙で煤《すす》け、浅瀬にによっきりと立っていた。スクリューと舵が、まるで裸の老人の性器のように露出していた。

景は北に向かった。厳しい面持ちは、行きかう人びととまったくおなじだった。彼らにも任務がある。一人の女が、市場でサツマイモを買っていた。一週間分の食糧なのだろう。こざっぱりしたスーツの男が、土埃のたつ通りを大股に歩き、仕事場に向かっている。埃など寄せつけないという物腰だった。

数カ所の交差点に兵士が配置されていたが、通り過ぎる人びとの群れには、まったく注意を払っていなかった。景は、街の中心部にある還剣湖《ホアンキエム》の北側のガイ横丁を目指した。その湖のまんなかに、有名な亀の塔が佇《たたず》んでいる。曲がりこんだ最初の通りの一画は大きな穴と化していた。前に来て知っている場所なのに、あるはずの建物が見分けられなかった。

記憶を掘り起こしながら、ゆっくりと歩いた。そこになにがあったにせよ、瓦礫《がれき》の積もる穴が一つあるばかりだった。その裏の建物が、穴を覗きこむような格好で傾いている。剝《は》がれた石や煉瓦が、左右に散乱していた。向こうの溝に沿い、小さな瓦礫の山がある。

劇場だ。あそこに劇場があった。

記憶がいっきによみがえった。観客席に座り、舞台の奇妙な踊りに心を奪われ、すっかりその演物《だしもの》のとりこになっている自分が目に浮かんだ。

景はその記憶をふり払った。そんな贅沢にふけっている余裕はない。

そのブロックを進みつづけ、古くて狭くるしい建物が密集している通りに折れた。

異様な臭いが漂っていた。金属の焼ける臭いと、腐った肉の臭い。

景は目当ての建物を見つけて、ドアをノックした。

答えはなかった。またノックした。今度は、かさこそという音がした。誰かがドアに近づいてくる。

「誰?」ほとんど聞こえないような、低い声だった。

「景悠」

ドアがあいた。景とおなじ年頃の女が、口をぽかんとあけて、立っていた。洋装で、髪を背中に垂らしている。

「景なの?」

「久しぶりだな」景がいうと、女が腕のなかに倒れこんできた。

7　ハノイ

ジョシュは、鏡で自分の顔をしげしげと見た。SEAL隊員に借りた剃刀《かみそり》で、一週間分の顎鬚《あごひげ》の四分の三を剃《そ》り落としたが、不揃いな無精髭《ひげ》がまだ残っていた。

もう一度剃ろうにも、シェービングクリームがない。石鹸《せっけん》を一所懸命泡立てて、そっとなすりつけた。口の両側の髭が、ティーンエイジャーの顔からにきびが吹き出すみたいに、突き出していた。

額は赤く、鼻には水ぶくれができている。右目はまぶたが半分垂れて、痣《あざ》ができ、腫《は》れている。どこでどうぶつけたのか、思い出せなかった。いくつもある小さな怪我の一つにすぎない。

死ぬよりはましだ、と思った。ずっとましだ。

「おい、ぼくちゃん、どんなあんばいだ？」廊下からリトル・ジョーが声をかけた。本名はリカルド・ジョーゼフ・クラブトゥリー兵曹――ジョシュが眠っているあいだに、きいきい声と交替して護衛に立っていたのだ。

「もう出るよ」ジョシュは答えた。

「髭を剃ってるのか?」

「ああ」

「洗面所を使わせてくれ。下腹が爆発しそうだ」

「ああ、わかったよ。どうぞ」

洗面所には一つしか便器がなく、仕切りもないので、ジョシュは顔に水をざっとかけて、プライバシーが保てるように出ていこうとした。

「どこへ行く?」リトル・ジョーが訊いた。

「見ないことにする」

リトル・ジョーが、喉を詰まらせたような笑い声を漏らした。豚が餌《えさ》をがつがつ食べているときのような音だった。

「しかたがない。これを持っていけ」MP-5をジョシュに渡した。「自分を撃つなよ。すぐに行くから」

ジョシュは、サブ・マシンガンを受け取り、廊下に出た。

ジョシュは、子供のころからハンティングをやって、銃の取り扱いも知っていたが、サブ・マシンガンはまったくちがう武器だ。ライフルやショットガンばかりではなく、拳銃も、食べ物を手に入れるための道具として使える。いわば、農場で叔父が畑を耕すのに使うトラクターとおなじ機能がある。ライフルを大切にするのは、強力な道具であるとともに、あやまった使いかたをすると災難に見舞われる恐れがあるからだ。

サブ・マシンガンも道具にはちがいないが、目的は食べ物とは無関係だ。食料になる動物ではなく、人間を殺すための道具なのだ。

殺すか殺されるか。それは純理的、あるいは哲学的な概念ではない。科学理論でも仮説でもない。ジョシュはそれを頭だけではなく直観でも、完全に理解していた——そういう状況を生き抜いてきた。自分を護ることができなかったり、護らなかったりしたときにはどうなるか、その結果を目の当たりにしてきた。それに、自分がなんとか生き延びてきたのは、他人を犠牲にしたからだ。

とはいえ、そういうことすべてを潜り抜けたあとでも、他人を殺すことは、考えるだけでかなり気が重くなる。

科学者である自分の任務は人を助けることだと、ジョシュは信じていた。気候とその生物群系への影響を研究するのは、人間がそれに対処する一助になればいいと思っているからだ。ほかになにか理由はあるだろうか？　なんの目的もない好奇心？

「仕事には目的意識がなければならない」大学で、ある教授がそういった。三年生のころで、科学哲学の授業だった。バン・ガーテン教授だ。科学の授業で、バン・ガーテン教授は生物学者であるのに、ずいぶん宗教論の傾向が強い授業だった。「科学者の発見が人類のためにならないものであるなら、いったいどんな得があるのか？」一回目の講義で、バン・ガーテン教授はそういった。

バン・ガーテン教授は、現実主義者だった。科学の暗黒面について話をした——原子爆弾、危険な方向へ進みかねない遺伝子操作。つまるところ、科学の目的は総体として善を目指すものでなければならないと、何度も教授は論じた。人間の生来の性質は善であり、科学も自然に忠実であれば善であると示唆するために、カトリックの聖職者で哲学者でもあったティヤール・ド・シャリダンの言葉を引いた。

だが、ジョシュがジャングルで目にした光景は、それが果たして真実だろうかという疑問をもたらした。

あの村で、年老いた男女も含めた村人が、中国軍によって虐殺された。人間の生来の性質について、彼らはなにを思っただろうか。幼児まで殺されたのだ。

人間の性質は残虐で、卑《いや》しい。とうてい償えないほど罪深い。殺人者の行為を償える科学などあろうはずがない。

殺すか、殺されるか？　それすら問題にならない。殺すために殺すのだ。

だが、自分の悩みはそこにはない。いったいなんだろう？

「外にいて正解だったぞ」ドアをあけて、リトル・ジョーがいった。「あー、くせえ」

にやにや笑いながら、顔の前で手をふった。リトル・ジョーは、綽名どおりの姿かたちだった。身長は一六二センチしかない。ことに肩幅が広いわけでもない。他のＳＥＡＬ隊員はある程度強面《こわもて》なのに、リトル・ジョーは特別怖そうには見えない。中国軍の銃撃を受けながら逃走していたときも、ビールをがぶ飲みするパーティでジョッキを持っているような態度だった。そばに行くとにっこり笑ってプラスティックのコップにビールを注いでくれ、ついでに自分もお代わりするような男だ。

擲弾《てきだん》発射器に擲弾を装塡《そうてん》するときも、M&Mのチョコレートでもいじくっているように見えた。中国兵五、六人がこっちを蜂の巣にしようとして、百発以上の弾丸を発射しても、一発も当たらず、リトル・ジョーは涼しい顔で車の後部から身を乗り出し、発砲していた。

のんきな笑顔と肩をすくめる仕種が、ことに強く印象に残る。

「おい、あんた、そいつを力いっぱい握り締めてるぞ」サブ・マシンガンを指差して、リトル・ジョーがいった。「返してくれるのか、それとももぎ取らないといけないのか」

ジョシュは、MP－5を返した。

「荷物の用意はいいか？　出発できるか？」リトル・ジョーが訊いた。

「荷物はたいしてない」ジョシュはいった。

「身軽な旅ってわけだ」例によって、うれしそうに笑った。「それじゃ行こう。女スパイと待ち合わせだ」

ジョシュは、リトル・ジョーのあとから廊下を歩いて、建物の裏手に出た。そこは狭い路地だった。もう一人のSEAL隊員、エリック・ライトが、調達したピックアップ・トラックに乗って待っていた。

マーがその隣りに座って、親指をしゃぶっていた。ジョシュが乗りこむと、口を大きくあけて、飛びついた。

「やあ、また会えてうれしいよ」ジョシュはいった。「元気？」

マーには、その言葉はわからなかった。ベトナム語しかしゃべれないのだ。

「別嬪《べっぴん》さんだ」エリックがいった。「ほんとうにかわいい」

「地獄を潜り抜けてきたんだよ」ジョシュの隣りに体を押しこみながら、リトル・ジョーがいった。マーがジョシュの膝に乗ったので、三人とも座りやすくなった。

「この車、どこで手に入れたんだ？」ジョシュが訊いた。二ドアのトヨタで、一年くらいしかたっていないように見えた。

「いい車じゃないか」リトル・ジョーがいった。「へこみもないし」

「どこで手に入れたんだ？」話を続けようとして、ジョシュはくりかえした。

「レンタカーだよ」エリックがいった。

「料金はいくらぐらいだ？」

「安い」リトル・ジョーが、けらけら笑った。「SEALカードで払うから」

「物々交換といっておこう」エリックがいった。「おれたちは車をもらった。なにも吹っ飛ばさない見返りに」

路地から通りに出ると、SEAL隊員二人は無駄口をやめて、周囲に目を配った。リトル・ジョーの顔には笑みが残っていたが、視線をあちこちに向けていた。

「パトロールがいる」リトル・ジョーがいった。「デュースに二人」

「ああ」エリックがうめき声で応じた。

厳密にいえば、二人が見つけたトラックは、米軍の隠語でデュースと呼ばれる、兵員や装備を運ぶ二トン半積みの輸送車両ではなかった。だが、外見はよく似ていた。カンバスの幌で荷台を覆ったトラックで、細かい部分がちがっていても、使用目的はおなじだった。皮肉なのは、それが中国製であることだった。戦争が勃発する前には、ベトナムにさかんに輸出されていたのだ。

「あのビルの上に狙撃兵」エリックがいった。

そこを通過するときに、リトル・ジョーが身をかがめて確かめた。「なにかを護っているだけだ。見張りだ、狙撃兵じゃない」

「おれがなにをいいたいか、わかるか」

「いってみろよ」

「おい、馬鹿野郎。あれは狙撃手だ」

「言葉に気をつけろ。子供がいるんだ」

「すまん」

「あいつがなにを狙い撃つ？」

「瓦礫」

リトル・ジョーが笑った。「街のあちこちにああいう兵隊を配置するのは、安全だというのを住民に見せつけたいからだ」と、ジョシュに説明した。「心理的なものだよ。パニックが起きると困るから」

「嘘だ」エリックがいい返した。「やつらはＳＥＡＬを探してる。スパイも。それにサンタクロースも。屋根からはいってくるとわかってるから」

「こいつの話は聞かないほうがいい」リトル・ジョーがいった。「頭がいかれてる。クレヨンの色がわからなくて幼稚園で落ちこぼれた」

「なにいってやがる」エリックがいった。「こいつの話を聞くな。便所で自分のちんぽも見つけられないやつだ。おれを信じろ。まともな話をしてやるから」

「おい——子供がいるんだ」

「すまん」

ハノイの市内を進むあいだ、SEAL隊員二人は——もう汚い言葉は抜きで——相手をけなしつづけた。ジョシュが調査チームとともにやってきて、補給物資をそろえ、ジャングルへ行く準備をしていた二週間前とくらべると、街路の人出は少なかった。

それでも、破壊の痕跡は、予想していたほどではなかった。

「まだこんなにたくさんのビルが立っているのは驚きだな」ジョシュはいった。

「それに騙《だま》されちゃいけない」リトル・ジョーがいった。「空港は根こそぎ破壊されてるし、重要な官庁は一掃された」

「街を全部ぶっつぶすのはたいへんさ」エリックがつけくわえた。「でも、やつらはそれに取りかかってる」

「来週、来てみろよ」リトル・ジョーがいった。「街全体がでかい瓦礫の山になってるだろう」

「いや、やつらは弾薬を節約する。全部吹っ飛ばすなんて、時間の無駄だ」

「火薬を発明したのは中国人だ。吹っ飛ばすのが、く——めちゃ好きなんだ」リトル・ジョーは汚い言葉をいいかけたが、マーがいるのでいい直した。

「おれだって好きだが、ハノイに無駄弾丸《だま》は使わないな」

「あれだ」茶色い煉瓦の建物を指差して、リトル・ジョーがいった。

エリックが、その前に車を寄せた。リトル・ジョーが飛びおりて、ドアを閉めた。通りの左右に目を配ってから、ジョシュにおりるよう合図した。ジョシュはマーと手をつなぎ、ならんで路地を進んで、青いドアを目指した。そこは小さなレストランだった。マーラが隅のテーブルに座り、頬が落ち窪《くぼ》んだベトナム人の男と話をしていた。男はひどくそわそわしていて、腕が翼で、飛び立とうしているみたいに、両肘をふり動かしていた。マーラが顔をあげ、はいってきた一行を睨みつけた。

「ここにしよう」マーラは邪魔されたくないのだと察したジョシュは、そういった。「このテーブルがいい」

リトル・ジョーが、椅子を引き出して座り、店内を見渡せる場所に陣取った。マーラとベトナム人には、背中を向けている。

一人の女が近づいてきた。ジョシュの知っているベトナム語の範囲でも、注文を取りにきたのだとわかった。

「カー・フェー・スア」ジョシュはミルク・コーヒーを頼んだ。

「おれも」リトル・ジョーが、英語でいった。

リトル・ジョーが膝に置いているサブ・マシンガンを、女が不安そうに眺めた。ジョシュは指を二本立てて、二人分ほしいことを伝えた。

「マーにはミルクを」

女が、ジョシュにはわからない言葉をいった。マーが答えた。

「オーケー、兵隊《ジョー》さん？」女が訊いた。

「ああ」ジョシュはいった。なにを注文したのかわからなかったが、かまわないだろうと思った。

「店のおごりだといってるのか？」リトル・ジョーが訊いた。

「まったくわからない」ジョシュはいった。

「ベトナム語がわからないのか？」

「まあね。短い決まり文句なんかは教わったし、少しは練習した。でも、早口でいわれると、ぜんぜんわからない。声調がむずかしいんだ――おなじ発音でも、抑揚で意味がまったくちがう」

「ややこしいな。出てきたもので我慢するしかないんだな」

「ミルク・コーヒーを注文したよ」

「紅茶がいいとしたら？」

「あー、その――」

「からかっただけだ、ぼくちゃん。コーヒーでいい」

リトル・ジョーはジョシュのことを〝ぼくちゃん〟と呼んでいたが、ほとんどおなじ年頃に見えた。あるいは戦闘経験のせいで、人よりも老成していると感じているのかもしれない。

「で、あんたは科学者なんだろう?」リトル・ジョーがいった。「なにをやっているんだ? つまり、どういう科学なんだ?」

「気象学者だ。具体的にいうと、気象と生物群系の関係を研究している。植物の状態を調べて、この二年のあいだにどう変化したかを見る」

「地球温暖化か?」リトル・ジョーが、にやにや笑った。

「その言葉は大嫌いだ。現状を正確にいい表わしていない。ベトナムの平均気温は、十年前とくらべると、実際は低くなっている。どこもかしこも暑くなっていると思われているが、そうじゃないんだ」

急激な気候変動の影響がきわめて複雑であることを、ジョシュは説明しはじめた。ベトナムの場合は、耕作可能な土地がふえ、作付けの季節も長くなっている。

リトル・ジョーが、うれしそうに笑った。「コウサクカノウって、なんだ?」

「農業に適しているということだ」ジョシュはいった。「ベトナムでは米作がさかんだが、米の生産量をふやせるようになった――気候ばかりではなく、遺伝子改良も役立っているが、実際は気候の恩恵が大きい。とにかく、いまのベトナムでは二毛作どころか三毛作も可能になった。五年前には想像もできなかったような生産量だ。アメリカよりもずっと順調なんだ。

ベトナムの農業は、それによってとてつもなく成長している。中国が侵攻したのは、それが狙いだ。食糧がほしいんだ」

「いや、石油だろう」リトル・ジョーはいった。「海上油田にしこたま石油がある。今回の事変は、それが理由だ」

「石油は重要だな」ジョシュはいった。ベトナム東岸沖の海上油田には、数年前の予想の倍近い一二〇億バレルの埋蔵量があるといわれている。中国は莫大な量の石油を消費している。

「しかし、戦争の主因は食糧だ。ベトナムには食糧があり、中国にはない。とにかく総量が足りない」

「いや、いつだって石油が理由なんだ、ぼくちゃん。どんなときでも」


マーラは、ファイがいとこについて話していることに神経を集中しようとしたが、それがむずかしかった。SEAL隊員とそのサブ・マシンガンが、店内の客すべての注意を惹きつけていた。マーラと彼らが仲間だというのは、一目瞭然だった。

「いとこの村では、アメリカ人を友だちだと思うのは、むずかしいね」ファイがいった。

「誰もそんなことは受け入れない。いつだって用心する」

「当然でしょうね」

「それじゃ、幸運を祈る」ファイが、席を立とうとした。

「ちょっと待って」マーラは、その手をつかんだ。

無作法な行為だった。異性にそういうことをするのは礼儀に反するので、たちまちファイが身をこわばらせた。マーラは手を放した。

マーラは謝った。ファイがひきつった顔でうなずき、なにをしてほしいのかと尋ねた。

「売りたいものがあるの。衛星携帯電話。場所を見つけて――」

「おれが持っていこう」

「いいえ。盗聴器《ハチユン》が仕掛けられているかもしれない。あなたの身許がたどられると困る」

ファイが、下中の貴金属店を挙げて、行きかたを教えた。そして立ちあがると、身を縮めて空気に溶けこもうとしているかのように、両腕を体にくっつけて、足早に出ていった。

マーラは、二人分の代金にくわえて、ジョシュ、リトル・ジョー、マーの分も足した金を出した。立ちあがり、三人のテーブルへ行った。

「行くわよ。急いで」返事も待たず、金をテーブルに置いて、出ていった。

エリックが、ピックアップの番をして、路地の入口で待っていた。人目につくことはなはだしい。マーラは歯ぎしりした。

「おい、女スパイ」店を出たリトル・ジョーが、武器をぶらぶらさせながら歩いてきた。「今度はどこだ?」

「抜け作、どうして銃を見せびらかしながらはいってきたのよ」

「銃を持ってるやつは多い」リトル・ジョーがいった。

「銃を持っているアメリカ人は多くない。武装しているのは民兵よ」

「誰も文句をいわなかったぜ」

「車に乗って」マーラは、ジョシュのほうを向いた。「あなたはもっと分別があるはずでしょう」

「ぼくは――」

「マーを乗せて」

「聞いて――」

「SEALだから自分の仕事はわきまえている、そういいたいのね?」

「ちがう。つまりその――」

「あいつの脳みそは豆粒ぐらいしかない。連中はみんなそうよ」

三人はピックアップにひきかえした。ジョシュが荷台に乗ろうとした。

「ジョーがうしろ」マーラは指示した。「あなたはわたしと一緒に前に乗って」

乗りこむと、マーラはホテル・ニッコー・ハノイへ行くようにと、エリックにいった。

「どこにあるか知らない」エリックがいった。

「ドンダ区のチャンナントン通りにある」

「そこがミシガンじゃないなら、まったくわからない」

「南」マーラはいった。「一ブロック北に進んでから左折。バーチアウ通りを南へ下って。兵隊はあまりいないはずよ」

「指示してくれ」

ホテル・ニッコー・ハノイは、ハノイで最高級のホテルの一つだった。ティエンクアン湖の近くにあり、各国の大使館が周辺にあるので、爆撃の被害をまぬがれていた。

「マーと一緒に車にいて」分厚い軒が突き出したホテルの正面入口に着くと、マーラはSEAL隊員二人に命じた。交差点に兵士数人がいたが、ホテルの前の広場には一人もいない。

「だめだ。安全を確認するまで、おれたちはジョシュと一緒にいる」リトル・ジョーがいった。「命令だ」

「命令なんかくそくらえよ」マーラはいった。「注意を惹けば惹くだけ、安全じゃなくなるのよ」

「おい、おれがなかへ行ってようすを見てくるよ」エリックが、運転席から飛びおりた。

「ふりむいたら、なにかが起きたということだ。おまえはマーのそばにいろ」

「いいとも」リトル・ジョーが答えた。

エリックはシャツの裾を出し、ホルスターが裾に隠れて見えないようにした。マーラは顔をしかめた。数秒待ってから、ジョシュの先に立ち、ホテルにははいっていった。ロビーは、ソファに座ったり、たむろして不安げにしゃべったりしている外国人で混み合っていた。

カーファーが、バーのカウンター近くに座り、ビールをちびちび飲んでいた。「遅かったな」

「あなたのスケジュールは関係ない」マーラはいった。

「出かけるのが遅くなれば、中国人《チンクス》どもがここを撃破する可能性が高まる」

「言葉に気をつけなさいよ」

「それはないだろう。ここにいる連中が反対すると思うか？　中国人のくそ野郎どもが、すぐうしろに迫っているんだ」ビールをごくりと飲んだ。サッポロだった。「ここのレストランはすごくうまいんだぞ。二年くらい前に食べた。元気か、博士？　食事はしたか？」

「腹は減っていない」ジョシュはいった。

「気の毒に。眠れなかったみたいだな」

ジョシュは肩をすくめた。「ちゃんと眠れた」

カーファーーは、ビールのグラスをバーテンダーのほうに押しやった。「あと二杯」英語でいった。

「話があるの、大尉」マーラがいった。「あっちで、二人きりで」

カーファーーが立ち、マーラのあとから部屋のいっぽうへ行った。「ここが盗聴されていないといいきれるか？」

「なかじゃ話さないわよ」

「ようすをよく知っているみたいだな」

「ねえ、あなたの部下、武器をちらつかせないようにしないとだめよ」

「エリックはシャツの下に隠してる」

「リトル・ジョーーは、全寮制の女子校にはいりこんだみたいに、自分のものをふりまわしているわよ」

カーファーは笑った。「図星だな」葉巻を出した。「バーテンから買った。一〇ドルした。いい取り引きだと思うか？」

「お金は節約して」マーラはいった。「まだいくつか用事があるの。正午に駅で落ち合いましょう」

「駅？」

マーラは、カーファーの顔をじっと見た。

「頭がどうかしたんじゃないか？」カーファーは、葉巻の端をカッターで切り、口にくわえた。「列車に乗るのか？」

「いけない？」

「中国軍は、手持ちの装備に余裕ができたらすぐに爆撃するぞ」

「それまでにはサイゴンに着いている」

「それはどうかな」

「わたしのほうが、ようすに詳しいのよ。助言は結構」

「あんたらを無事に送り届けるのが、おれの仕事だ。あんたとあの若いのを」

「前線の向こうからわたしを連れ出すのが仕事だったはずよ。すばらしい仕事をしてくれた。ここからは自分でやる」

カーファーが笑った。葉巻をふかし、何度も鋭く吸って、火の勢いを強めた。

「あんたは物騒なくらい優秀だからな」

「いいからジョシュを無事に駅に連れてきて。いいわね？　わたしたちと一緒に来たくないのなら、それでもいいのよ。わたしたちだけのほうが、安全でしょうね」

「本気でそう思うのか？」

「ええ」

カーファーがまた笑い、煙の輪を口から吐き出した。「やっこさんを連れていくよ。それは信頼してもらえるだろう？」

「どうかしらね」

8 ハノイ

景悠《ジン・ヨウ》がフイン・ボーとはじめて会ったのは、三年前、奇襲団（連隊）の訓練計画の一環として、ベトナムに派遣されたときだった。マレーシアでゲリラを支援して、すでに一年間の戦闘を経験していた。ベトナム派遣はほとんど休暇のようなものだったが、昔からの敵国であるベトナムの国情に通じるのにも役立った。景はその後も数回、ベトナムに派遣されることになるが、当時はまだ上官も本人も、それを予測していなかった。

ハノイが、景の作戦拠点だった。身分を偽装するために、理工系の大学に入学し、生物学を専攻した。そこでフイン・ボーと知り合った。

ボーは大学の教務課の事務員で、景の書類手続きを手伝った。書式を説明するとき、景はボーの長い黒髪に見とれて、その顔立ちとかすかに漂うジャスミンの香りの虜《とりこ》になった。

口実をつけて、景は翌日にまた教務課を訪れ、正しい講義に申しこんでいるかどうか自信がないと相談した。むろんまちがってはおらず、ボーは怪訝《けげん》な顔で景を見た。

隠遁《いんとん》生活を送る禅寺で育てられた景は、それまでずっと女性に対しては引っこみ思案だった。フイン・ボーに対していても、恥ずかしくてたまらなかった。だが、強く惹かれていたので、サイゴン行きの計画を延期した。三日目の授業のあとで、ボーに会おうと決意して、教務課に行った。ドアを通ったときもまだ、やってきた口実を思いついていなかった。

そこにいたのは、べつの女性だった。

頭から、すべての血が引いたような気がした。銃火にさらされたことは、数えきれないくらいあったが、ボーに二度と遭えないかもしれないと思ったときの恐怖は、戦闘中に感じたどんなことよりも強い実感があった。

フイン・ボーは新しい仕事につくのだと、教務課の女性が説明した。数日後に中央官庁の補佐官兼通訳になるのだという。これまでの精勤をねぎらうために、役所はボーに今週いっぱいの休暇をあたえていた。

景はボーの住所をなんとか訊き出した。じかにそこへ行った。ボーは不在だった。午過《ひるす》ぎから夜になるまで、家の前の舗道に座って待った。闇が訪れると、胃がむかむかしてきた——こんなに晩《おそ》くまで外出している理由はただ一つだと推理した。恋人に会っているにちがいない。

フイン・ボーの近所の人びとが、遠くから眺めていた。盗み見ているのがわかったが、誰も近づいてこなかった。そばに誰かが来ても、景は無視していただろう。

ボーの家の玄関前で胡坐《あぐら》を組んだ景は、深くなる闇をじっと見つめていた。心を虚しくした。禅寺で何年も続けてきたのとそう変わりはないので、退屈ではなかった。だが、胃のむかつきは治まらなかった。

ようやくタクシーがとまり、フイン・ボーがおりた。

景は心臓がとまったかと思った。

ボーがすぐそばを通った。景はなにもいえなかった。

「なにかご用?」首をめぐらして、ボーがいった。

「学生の景悠です。大学を辞めたと聞いたので」

「ええ……ここでなにをしているの?」

景は立った。舌が凍りついていたが、どうにか動かした。

「つきあってくれませんかと、訊こうと思って」

「デート?」

「ええ」

ボーが目を丸くした。「いつ?」

「いまでも、べつのときでも。いまのほうがいいですが」はいといってもらえなかったら、心臓が二度と動かなくなるのではないかと思いながら、そうつけくわえた。

「散歩しましょう」

そして、二人は歩いた。

「どうしてここへ?」そっと体を離しながら、ボーがささやいた。

「あるアメリカ人を見つけないといけない」

「なんですって？」

「家に誰かいるか？」

「いいえ。はいって。誰にも見られたくないんでしょう」

狭いアパートメントは、記憶にあるままのようすだった。クッションの薄い椅子が二脚、居間を占領している。いっぽうにテーブルがある。その上にステレオが置かれ、MP3プレイヤーが、くねる細いコードでそのUSBポートに接続してある。

「お茶はいかが？」ボーが訊いた。

「もらおう」

景は、ドアに近い椅子に腰をおろした。いつもそこに座ったものだ。目を閉じたら、目覚めたときには、十八カ月前にここを離れてから起きたことが、すべて夢だったとわかるかもしれない。

茶碗を持って、フイン・ボーが戻ってきた。

「中国がベトナムに侵攻した」茶碗を渡すときに、とがめるような口調で、ボーはいった。

「なぜ？」

景は首をふった。

「ベトナムが戦争を始めたと、中国は主張している」ボーが続けた。

景は黙っていた。中国政府の行動を正当化するのは無理だし、正当化できるとしても、その理屈をボーが理解したり、受け入れたりするとは、とうてい思えなかった。

ボーが景の足もとにひざまずき、右膝に頭を載せた。「どうしていまごろ戻ってきたの?」

「任務がある」景はそっといった。身をかがめ、両手でボーの顔を包んだ。二人は顔を近づけていて、息がからみ合っていた。それなのに、越えることのできない果てしない国境を挟んでいるかのように、時と距離の隔たりが感じられた。「アメリカの諜報員がいるんだ」

「どこに?」

「その男がハノイに来た。どこにいるかは、まだわからない」

「それで、手を貸せというのね?」

「そうだ」景は答えたが、そのときには任務のことは心の片隅に追いやられていた。

誘惑の一瞬だった——弱さ。だが、そのときの景には、責務も禅もどうでもよかった。ただボーがほしいだけだった。

「わたしがあちこちで聞き込みをしたら、上司が理由を訊くでしょうね」ボーがいった。

景は心を鬼にした。

「友人がその男を捜している、といえばいい。嘘じゃない」

フイン・ボーの目の縁から、涙がひと粒こぼれ落ちた。またひと粒、そしてまたひと粒。

「どうして泣くんだ?」景はいった。

「このあいだの夜、劇場の近くに落とされた中国の爆弾で、母が死んだの」そういうと、ボーは顔を起こし、景の目を覗きこんだ。

景は言葉を失っていた。ボーの母は、いつもやさしくしてくれた。角を曲がった先の家に、ボーの姉夫婦やその子供たちと住んでいた。
「手伝うわ」ボーはそういって、力なく景の膝にくずおれた。
景はボーの背中を撫でた。
「どうすればいいのかいって」泣きじゃくりながら、ボーがいった。

9　ワシントンDC

グリーン大統領は、テレビ会議が大嫌いで、ことに階下《した》の国家安全保障会議の施設で受信するのが不快だった。馬鹿でかいモニターが、テレビのトークショーを思わせるし、カメラ向けに入念な身支度をしなければならない。一対一でもまやかしの雰囲気があり、親しさと微妙なニュアンスを伝えられるはずなのに、結局、そうはならない。

だが、ハーランド・ペリー将軍の話を聞くために、ベトナムへ行くわけにはいかない。それに、いまペリーにハノイを離れてほしくはない。だから、こうするしかない。

「貯水池への空爆で、中国軍をとにかく一時的にでも停滞させることができました」秘密保全措置がほどこされたアメリカ大使館の通信室から、ペリーが報告した。「中国軍には予想外だったようで、東に威力偵察を送りこんできました。これまでのところ、ベトナム人民軍は、それを撃退しています」

グリーンは、会議室の大部分を占めている大きなテーブルに肘を突き、片手に顎を載せていた。その横の機器を操作する通信担当を除けば、そこにいるのはウォルター・ジャクソン国家安全保障問題担当大統領補佐官だけだった。ワシントンDCとベトナムの時差は十二時間、ワシントンDCの現在の時刻は午後十一時だった。

「ベトナムはいつまで中国軍を押し返していられると思うかね？」グリーンは質問した。

「はい、大統領。それは鋭い質問ですな」

知るすべはないということを、ペリーなりに表現したのだ。

「ベトナム軍は、貯水池ごしに砲撃しています」ペリーが語を継いだ。「中国軍は塹壕《ざんごう》陣地を築いていません。つまり、やがて進軍するつもりでいます。あえて推測するなら、数日中にあらたな攻勢があるでしょう」

「方向は？」

「海岸からの侵攻を予定しているとすれば、中国の地上部隊は東へ進みます。そうせざるをえません。ラオスを通ったのでは、進軍が鈍ります。マーフィー少佐はそう見ています」

「マーフィー少佐の推測は的中してきた」グリーンは、中国のベトナム奇襲攻撃の経路をマーフィーが正しく予測したことを憶えていた。「では、東進を阻止するにはどうすればいい？」

「ダーバクの北の高地に第二五師団でも展開しないかぎり、無理でしょうね」

第二五軽歩兵師団は、日本に配置されている。ベトナムに到達することが可能だとしても、戦闘に投入される見込みはなかった。

「きみの天才少年はどういっている？」グリーンは訊いた。

「ズースは、べつの手を模索していますよ」ペリーが、にやりと笑った。「第二五がほしいというのは、おなじでしょうが」

「それはありえない、将軍。ベトナム軍に自力で堅守してもらうしかない」

「努力していますよ、大統領。精いっぱいやってます。しかし、海岸線から侵攻されたら、ベトナム軍は中国軍と対峙している部隊の一部を引き抜いて対処しなければならなくなる。そうなったら、前線は薄くなり、突破されるのをとめられないでしょう。率直にいって、大統領、いつまで持ちこたえられるか、わかりません」

「了解した。最善を尽くしてくれ。きみたちの健闘を祈る」

「ありがとうございます、大統領」

　モニターが暗くなった。グリーンは、ジャクソンのほうを向いた。

「きみの意見は、ウォルト？」

「中国軍の兵力は膨大です。フエ付近に上陸したら、ベトナムを南北に分断できます。なんならハノイは放置してもいい。沿岸を南下し、油田を奪取し、それから水田を確保する。ハノイ政府は降伏するしかないでしょう。そして、ベトナムを支配下に置いた中国は、次にタイを狙う。そのあとはマレーシアで牙を剝《む》くでしょうね」

「日本はどうかな」

「日本には食糧がありません」ジャクソンがいった。「それに、ロシアにもいい分があるでしょう」

「ロシアはやれというだろう」

グリーンは、部屋のなかを歩きまわった。エネルギーがありあまっていた。夕方のトレーニングを飛ばしてしまったが、いまからでは遅すぎる。新教育法案の戦略を話し合うために、教育長官に電話しなければならない。

「ロシアと中国は、いずれ衝突するでしょう」ジャクソンはいった。「天敵同士ですからね。それを煽《あお》ったほうがいいかもしれない。ロシアはわれわれと国連に同調するかもしれません」

「われわれが真っ先にやらなければならないのは、上陸の阻止だ」グリーンはいった。「現地に艦艇が必要だ」

ジャクソンの沈黙が、多くを語っていた。ジャクソンはけっしてハト派ではないが、状況は絶望的だと思っているのは明らかだった。広域の近辺にいる米艦艇は二隻しかいない。いずれもかなり南方に位置していて、トンキン湾やベトナム沿岸沖にすでに進入している中国の空母や駆逐艦と対峙することはできない。米海軍空母〈キティ・ホーク〉とその戦闘群は、二〇〇〇海里以上離れたところにいる。それに、統合参謀本部議長は空母を動かさないようにと、さかんにいい立てている。

「わかっている。ちょっとした奇跡をお願いしてはいない」グリーンはようやくそういった。通信担当のほうを向いた。「ペリー将軍をもう一度呼び出してくれないか」

「なにをお考えですか?」ジャクソンが訊いた。

「奇跡をお願いするには、奇跡の男に頼んだほうがいい。ちがうか?」

10 ハノイ

　ワシントンDCからは地球の反対側に当たるハノイで、ズース・マーフィー少佐は、ペリー将軍が最新状況を駐ベトナム大使に説明するのを待っていた。それがすんだら、一緒にベトナム人民軍総司令部へ向かうことになっている。これから午後いっぱい、アメリカの最新情報をもとにベトナム側と長時間作業しなければならないのだが、言葉の問題やベトナム軍の戦術状況が異なることは、マーフィーの意識にはなかった。なぜか、アメリカの自宅に置いてあるシボレー・コルベットのほうが心配だった。弟に頼んで車庫にしまってもらおうかと悩んでいた。それには弟に運転してもらわなければならない――これまでの弟の運転歴からして、得策とはいえなかった。

　大使館に勤務する二十代はじめのベトナム人女性が、階段をおりてきた。ほっそりした女性で、ゆるやかなスカートがかえって細い体の輪郭を浮き立たせていた。すごくきれいだが、折れてしまいそうなほど華奢《きゃしゃ》だった。

「マーフィー少佐ですか?」その女が尋ねた。

「ズースと呼んでください」

女がにっこり笑った。大使館の職員との交際を禁止する規則はあるのだろうかと、マーフィーはふと思った。あるとすれば、この女性にはそれを破るだけの価値がある。価値があるにちがいない。

「将軍が二階で会いたいとおっしゃっています」

「すてきですね。どうぞお先に」マーフィーはいった。

女が顔を赤らめた。ほんとうに真っ赤になった――マーフィーは絶好の機会は見逃さない。しかし、それに乗じたり、階段を上がる女のお尻のふくらみに見惚《みと》れたりする前に、無粋な邪魔がはいった。ウィン・クリスチャン少佐が背後のロビーから叫んだ。

「おい、ズース――おれたちはきょう出発するのか？　どうなんだ」

「自分のボスに訊け」マーフィーは答えた。

「ボスか、ああ」クリスチャンが階段の下まで来て、声をひそめた。「おまえさんは、ボスのお気に入りだからな」

クリスチャンは、ペリー将軍の選任幕僚で、マーフィーがハノイに派遣された特別顧問にくわえられたことをやっかんでいる。マーフィーはもともとクリスチャンがあまり好きではなかったが、SEALやジョシュを救出するのをともに手伝うあいだに、いくぶん好意的な見かたをするようになっていた。二人はバンを運転し、中国軍の待ち伏せ攻撃を突破して、救出部隊とジョシュを迎えにいったのだ。

「将軍が話があるそうだ。それだけだよ」マーフィーはいった。「将軍は大統領とテレビ会議をやっている」

大統領が自分と話をしたいからと呼び出された、と思っていたわけではない。クリスチャンをからかうためにそういっただけだった。マーフィーは、階段を小走りに駆けあがり、魔法のお尻の持ち主の職員を探した。しかし、そこにいたのは中年男のＣＩＡ局員だった。当然ながら、本人はＣＩＡ関係者であることを否定している。その男が、秘密保全措置がほどこされた部屋に案内した。

意外なことに、ペリー将軍はまだ大統領とのテレビ会議を続けていた。しかも、自分もそこに呼ばれたので、マーフィーはびっくりした。

「大統領」マーフィーはいった。

「話をするにはボタンを押すんだ、ズース」ペリーが教えた。「それから、あまり仰々しくするな。プロフェッショナルらしくないぞ」

「わかりました」マーフィーは、ボタンを見つけた。「大統領」

「マーフィー少佐、また話ができてありがたい」グリーン大統領がいった。「われわれの科学者の友人のことでは、よくやってくれた。すばらしい」

「バンを運転しただけです」

「将軍とわたしがきみと話をしたいわけをいおう。中国軍がベトナム東岸に強襲上陸を行なうだろうと、誰もが予測している」

「はい、大統領、中国はトンキン湾の東にある海南島に、強襲上陸用艦艇を集結させています。いっぽう、空母は――」

「きみの仕事は」グリーンは、マーフィーが口を挟むのを許さずに続けた。「侵攻を阻止することだ」

「はあ、阻止ですか？」

「そうだ。阻止する計画を考えろ。そして、ベトナム側に実行させろ」

「できるとは思えませんが、大統領。ベトナム人民軍は――海軍はごく小規模で、ないにひとしい」

「では、べつのものを使え」グリーンは、まるでハイスクールのフットボールのコーチみたいだった。電撃的な猛攻撃を避ける方法を考えろというのだ。「枠からはみ出した考えかたをしろ。それがきみの仕事だ。きみの十八番《おはこ》だ」

「はい、大統領」

「地上部隊の前進を食い止める方法を、きみは考えついた」

「まあ、一時的にですが」

「艦船についても、なにか考えてくれ」

「ベストを尽くします」

「頼みはそれだけだ。将軍」

「わたしの話は終わりです」ペリーがいった。

「よろしい。いい仕事を続けてくれ、ズース」グリーンはつけくわえた。「頼りにしているぞ」

モニターが消えた。マーフィーは、ペリーの顔を見た。

「不可能ですよ」

「大統領からじかに話を聞いたほうがいいと思ってな」と、ペリーは応じた。

11

ハノイ

秘密諜報員として成功するには、ある程度の猜疑心が絶対に欠かせない。問題は、どの程度が適切かという点だ。

マーラがベトナム入りした時点で、早くもＣＩＡハノイ支局から秘密が漏れていることが判明していた。だから、金が盗まれていたことは、驚くにはあたらない。それに、トランクが指定の場所にあったことは、いい兆候と解釈してもいい。目標はベトナムからの脱出であり、それ以外のことは実際どうでもいい。目標に集中し、そこへ行くまでのややこしいことに気を取られてはならない。それをマーラは、とうの昔に学んでいた。

しかし、アメリカが隠密裏にベトナムに軍事的助言と支援を与えているいまも、たとえ輸送手段であろうとベトナム側に手助けを頼ってはならないと、マーラは厳密に指示されていた。ベトナムにアメリカとは異なる目論見《もくろみ》があることにくわえ、さまざまな事情がそれを示唆している。たとえば、中国は従来から、アジア各国の政府や軍に工作員を浸透させている。マーラはマレーシアで、何度もそれに足をひっぱられてきた。ベトナム側に助けを求めるのは、中国に助けを求めるのとおなじだ。

ファイに教わった携帯電話を買ってくれる店に向けて、スクーターを走らせるあいだ、マーラの疑念と迷いは濃厚になるばかりだった。ファイはタイで活動していたころから知っているが、格別信用しているわけではない。目当てのブロックを二度まわって、尾行されていないことを確認すると、一ブロック離れた横丁にスクーターをとめた。さらに念を入れて、徒歩で大きく迂回し、待ち伏せがないことを確かめた。

状況がちがっていれば、衛星携帯電話を街のどこかにそのまま置いてきただろうが、欺瞞《ぎまん》するだけではなく、金も必要だった。

マーラは子供のころ、スパイになることを空想したが――〈ホェア・イン・ザ・USA・イズ・カルメン・サンディエゴ〉（アメリカ各地の地理や歴史が学べるパズル形式の教育・娯楽ソフトウェア）で育ち、それを卒業すると、昔のジェイムズ・ボンド映画にはまった――クレジット・カードやATMのことは考えもしなかった。ところが、現実の世界では、そういったものは諜報員のありがたい相棒だ。どちらも使えないときには、スパイ活動は非常にやりづらくなる。

貴金属店は、ハノイのいたるところにある。宝飾品を扱うだけではなく、質屋や両替店を兼ねている。〈ハチュン最高級品店〉の店主も、ほかの店とおなじように副業を営んでいた――観光客向けの小物やペットボトル入りの水が、手織りのランチョンマットや敷物とともに、ウィンドウに飾ってある。

店主は、携帯電話二台に五万ドンという値段をつけた――合計で約六ドルにしかならない。

「まじめにやってよ」マーラは叱りつけた。悠長に交渉する気分ではなかった。

店主は、携帯電話を見るふりをしてから、二〇万ドンに値をあげた。

「だめ」マーラは英語に切り換えて大声でいうと、店を出ていこうとした。

「待って、待って、お客さん」奥の部屋から、女があたふたと出てきた。英語でしゃべっていた。「うちの亭主のことは気にしないで。アホなんだから」

マーラは、いらだたしげに携帯電話を見せた。女が、宝石でも鑑定するように携帯電話をひっくりかえしながら見た。一台のスイッチを入れた。

「使用中だね」女がいった。

「新しいアカウントは、そっちで作れるはずよ」

「アカウントがなきゃ、使い物にならない」ベトナム語で、女がいった。

「プログラムを入れ替えればいいだけよ」マーラは、英語で語気鋭くいった。「どこでもやっていることよ」

どこでもやっているのは――マーラの狙いもそこにあるのだが――電話会社がようやく気づいてアカウントを無効にするまで、いまのまま使うということだ。数日かもしれないし、数週間かもしれない。もちろん、それをはっきりいうのは、電話が盗品だというのを認めるのとおなじことだ。

店の主人とその妻は、携帯電話が盗品だと見抜いているだけではなく、そのほうがありがたいと思っている。だが、マーラがそれをいったら、買うわけにはいかなくなる。

妻のほうが、マーラの顔を見た。「五〇万ドン」

「一台一〇〇万ドン」

マーラは、携帯電話を女の手に押しつけた。女が押し返そうとした。カウンターの奥の主人は、邪魔をした妻にくどくどと文句をいった。

「八〇万ドン」マーラが、ベトナム語でいった。「アカウントはちゃんと使える」

七五万ドンで話がついた。銃を入れるのに使えそうなショルダーバッグを、女がおまけにつけた。金の受け渡しがすむと、店主が気前よくなり、ペットボトルの水を一本くれた。マーラが急いで出ていかなかったら、敷物を売りつけられていただろう。


南行きの列車は満員だろうと、マーラは予想していたが、駅へ行くと、閑散としていた。カーファー、ジョシュ、その他の一行は、ライトブルーの椅子十数脚のあちこちに陣取り、広い待合室の奥で背を丸めていた。SEAL隊員たちは市販のバッグの類を持っていて、それに武器その他の装備を入れていた。服も着替えて、マーのために人形を手に入れていた。マーはジョシュにもたれかかり、両腕に抱えた人形をそっと揺すって、鼻歌を歌っていた。

「なにか計画があるんだろうな」マーラがはいってゆくと、カーファーがいった。SEAL隊員六人――エリック、リトル・ジョー、スティーヴンズ、ジェンキンズ、マンチョ、シルヴェストリ――が、そのそばでだらしなく座っている。

「列車は走っているの?」マーラは訊いた。

「それもわからないのに、おれたちをここに来させたのか?」

「朝は走っていたのよ」マーラは、弁解した。

カーファーが、渋い顔をした。マーラは切符売場へ行った。入口近くに、演壇のようなデスクがある。そこにいた駅員が、列車はすべて予定どおり運行されていると請け合った。マーラは、もっとも安上がりな経路になるハイ・フォン行きの切符を買って、クレジット・カードで払おうとしたが、現金しか受け付けないと駅員にいわれた。ドンで払おうとすると、ドルでないとだめだといわれ、手持ちの現金がかなり減ってしまった。

ジョシュは椅子に座り、ひどくうなだれていた。普段よりもずっと顔が蒼《あお》く、目は空《くう》を見つめている。寄りかかっているマーにも、ほとんど注意を払っていない。

「ジョシュ、しっかりして」マーラはいった。

「ああ」

「黴菌にやられたみたいだ」リトル・ジョーが教えた。「小便の出が悪い」

やれやれ、とマーラは思った。ジョシュが撮影した虐殺の証拠の映像は握っているが、ワシントンDCはジョシュとマーを証人として望んでいる。直接の目撃証言にかわるものはない。

マーラは、ジョシュの額に手を当てた。少し熱いようだ。「アスピリンは飲んだ?」

「エリックがくれた。ぼくが食べたものに関係があるんだと思う」ジョシュはいった。

それならいいが。さもないと、全員がじきにぐあいが悪くなる。

「がんばって」マーラはいった。バックパックと、ショルダーバッグを背負った。折り畳み銃床のＡＫ－47はバックパックに、拳銃はショルダーバッグに入れてある。ホームに通じるドアを指差した。「十分後に発車する。行くわよ」

南行きの列車に向けて、マーラは歩いていった。切符を買った路線とはちがうが、それに乗るつもりだった。その列車は、沿岸沿いを走って、ドンホイ、フエ、ダナンを通ってから、内陸部に向かい、サイゴンへ着く。寝台列車で、いつもなら観光客や商用の乗客で、半分ぐらい席が埋まる。だが、いまはがらんとしていた。

「おい、テレビまであるぞ」リトル・ジョーが指差した。

一行は、分散して席についた。

「全員の切符はあるのか？」カーファーが訊いた。

「この列車の切符じゃないけど」マーラは、渡しながらいった。

「なんだって？」

「どうせ検札は来ないわ」マーラはいった。「そう長くは乗っていないし」

「どういうことだ？」

マーラは首をふった。

「いいか、おれは事情を知る必要があるんだ」カーファーがいった。「だいたい列車に乗るのは気が進まなかった」

「わたしもよ」マーラはいった。「全員にサイゴン行きの切符を買うお金がなかった。それに、途中で飛びおりるのよ。友人が車を用意してくれる」

「もっと前に話してもらいたかったな」

「どうせおなじことでしょう?」

「おなじじゃない」

「とにかく、そうすることになったの。予備の計画だったのよ。それに切り換えるわけ。列車があまり空いているのが気に入らないから。朝の列車は混んでいたのに」

カーファーは眉をひそめ、部下に切符を配った。

二分後、列車が駅を出た。依然として、車掌の姿は見えなかった。


ジョシュは窓にもたれていた。下腹が燃えるように痛い。ゆっくりと呼吸して、痛みを散らそうとした。

食べ物のせいだと考えようとしたが、確かめるすべはなかった。尿道炎かもしれないが、セックスは何週間もしていない。

いや、三カ月前からしていない。そのころに恋人と別れた。だから、それが原因であるはずはない。食べたものか、飲んだもののせいだ。

「この列車に洗面所はあるかな?」ジョシュは、尿意をおぼえてそういった。

「あっち」マーラは指差して教えた。

狭い便所は、糞尿《ふんにょう》とアンモニアの臭いがした。ジョシュは吐き気をおぼえて、体を曲げ、吐こうとした。だが、なにも出てこなかった。

「全部出しちまえ」外に立っているきいきい声がいった。「出しちまえば、ずっと気分が楽になる」

「やっているよ」ジョシュはつぶやき、速度を増した列車の壁にもたれて、体を安定させようとした。


ハノイとそのすぐ南を進むあいだ、列車は幹線道路に沿って走った。時速五〇キロメートルに満たないのろのろ運転だった。通り過ぎる田園地帯を、マーラは不安そうに眺めた。道路に沿い、四〇〇メートル置きにベトナム人民軍の兵士の群れがいた。政府と軍の上層部が避難している首都の南の掩蔽壕をやり過ごすには、列車がもっとも安全な手段だった。しかし逆に、側線の軍事施設やそういった掩蔽壕に近すぎるのは、懸念材料でもある。

車両のうしろ寄りの席にジョシュとマーを残して、マーラは通路を進み、最前列の席へ行った。車掌は来ないと思っていたが、来た場合にはそこで対処するつもりだった。切符の目的地についての問題は、少し袖の下をつかませれば、解決するはずだった。まして、そう遠くまでは乗らないのだ。

「で、正確にいうと、いつおりるんだ?」横に座ったカーファーが訊いた。身を乗り出して、前の列の背もたれに腕を置き、マーラのほうに顔を突き出した。

「もうじき」マーラはいった。

「それじゃわからないんだよ、お嬢ちゃん」

「今度はわたしをお嬢ちゃん呼ばわり？」

「誰でもそう呼ぶんだ。おばさんっていうよりはましだろう？」

「マーラでいいでしょう」

カーファーは、眉根を寄せた。マーラには、カーファーの年齢がよくわからなかった——二十代の終わりか、三十代か。磨かれていない石でこしらえたような、いかつい顔をしている。市販のグリーンのシャツにブルージーンズという服装なのに、髭がのびて髪が耳にかかっていても、かえって兵士らしく見える。

「わかった。それじゃマーラ——われわれはなにをしてるんだ？」

「フースーイエンよりも南に行く必要があるの」

「それはなんだ？」

「ハノイの二五キロ南。そこのほうが緊張していない。検問される危険が少ない」

「マーフィー少佐が、ここの連中は味方だといったはずだが」

「わたしは連中を信用していない。そういうことよ」

カーファーが、また眉根を寄せた——それくらいしか表情をつくれないようだ——やがて、ゆっくりとうなずいた。

「女の子はどうする？」

「政府は一緒に連れて帰っていいといっている。そう願っているんでしょう？」

「おい、おれの知ったことじゃないよ。孤児院よりはましだろうが」

マーは、悲惨な出来事を語ることができる。だから政府は連れてくるようにといっているのだ。とはいえ、本人にとっても、ベトナムで暮らすよりもずっといいだろう。たとえ戦争中でなくても。

「いつおりるんだ?」カーファーが訊いた。

「そのときが来たら教えるわ。まだだいぶ先よ」

カーファーが、体を座席に押し戻し、脚をのばしてくつろいだ。「女の子も飛びおりるのか?」

「わたしが連れていくわ。そのうちに登りになる。エスカレーターからおりるようなものよ」

「おれはやったことがあるよ」カーファーは、汗臭かった。「ベトナムは崩壊しかけているのかな?」

「そうでもない。そういうことなら、列車は超満員でしょう」

「市民が列車に乗りたがらないのは、まもなく中国軍に爆撃されるとわかってるからだろう。簡単な的だからな」

「まだ爆撃されていない」マーラはいった。

「それは、やすやすと進軍できると思っていたからだ。列車も使いたかったからだ。進軍が鈍りはじめたいまは、手当たりしだいに爆撃するだろう。何人殺そうが、気にするものか。爆弾をばらまいて、すべてを破壊するだろう」マーラのほうを向いた。「そういうことが気にならないのか？」

「そういうことに気を遣うのは、わたしの仕事じゃないの」

カーファーは笑った。「いやなやつのまねがうまいな。畏《おそ》れ入ったよ」

列車のブレーキがかかりはじめた。マーラは窓から外を見た。どこなのか、はっきりとはわからなかったが、目的地まで半分も進んでいないはずだった。まだフースーイエンを過ぎていない。立ちあがり、デッキへ行った。

「問題か？」カーファーがあとをついてきた。

「停車するはずはないのに」マーラは、車両の鍵をポケットから出して、ドアをあけた。

車両から身を乗り出すと、前方の線路脇に兵士の一団がいるのが見えた。そのために停止するのにちがいない。

逃げ出すひまはない。

「なかに戻って、ひと塊になって」マーラはカーファーに命じた。「わたしが話をするから」

「パスポートを見せろといわれないか？」

「そうでないといいけど」

「パスポートはあるよ」SEALチームは、こういう非常事態に備えた服を用意していた。国際親善試合のためにベトナムに来ているサッカー・チームのふりをする。

「それで押し通して」マーラはいった。「女の子は、わたしの娘。わたしが話をする。みんな口をきかないで」

きいきい声が、洗面所のドアをがんがん叩いた。「おい、おい」甲高いささやき声でいった。

ジョシュは体を起こして、ゆっくりと息を吸った。クロゼットほどの狭い洗面所の空気は臭く、かえって気分が悪くなった。新鮮な空気を吸ったほうがいい。

「ジョシュ、そこにいて」マーラが外からいった。「だいじょうぶ?」

「ああ」

「兵隊が乗ってきたの。洗面所から出ないで。わたしが出るようにいうまで、じっとして」

きいきい声にもそこを動かないようにと、マーラが命じているのが聞こえた。蛇口を押して手を洗おうとしたが、なにも出てこなかった。やがて、ベトナム兵の声が車内に響いた。

列車に乗りこむ兵士たちを、マーラは観察していた。十代の若者ばかりで、列車を待っているあいだに一人がやったことを冗談のタネにしていた。外国人が乗っているのを見て、一瞬黙りこんだ。車両のまんなかあたりに移動し、寄り固まって座った。六人ほどで、全員がAK-47と小型背嚢《はいのう》を持っていた。

マーラはマーの隣りの席に戻った。マーは緊張し、しゃちほこばって座っていた。そこは洗面所の前寄りの二列目の席だった。

兵士たちがいようが、マーラは平気だったが、列車から飛びおりなければならない。外国人が七、八人、いっせいにおりるのを見たら、兵士たちがどういう反応を見せるか、見当がつかない。

列車が動き出した。マーラは、景色に見とれているふりをした。

列車が進みはじめたときも、ジョシュはまだ洗面所にいた。兵士たちが席に座ったので、もうジョシュを戻らせてもいいだろうとマーラは判断した。そこで洗面所へ行き、ドアに顔をくっつけた。きいきい声がマーラの意図を量りかねて、目をしばたたいた。

「あなた、だいじょうぶ？」マーラは訊いた。兵士たちに聞こえるくらい大きな声を出した。少しは英語がわかるはずだ。

「だいじょうぶ」ジョシュが答えた。

「それじゃ一緒に席に戻って」少し声を落として、マーラはいった。

ジョシュが即座に洗面所のドアをあけた。きいきい声がちょっとためらってから、順番を待っていたみたいになかにはいった。

「これからどうする？」ジョシュが訊いた。

「窓ぎわに座っていいわよ」マーラは、そっとジョシュの脇腹を押した。

マーを挟むようにして、二人は座った。その数秒後に、車両の前部ドアがあいた。兵士が二人——少尉と伍長——はいってきた。

外国人の姿を認めた少尉が、即座に眉をひそめた。「どうしてこの列車に乗っている？」

ドアに近い席に一人で座っていたカーファーに訊いた。

「ホーチミン市に行く」カーファーがそういって、折り畳んだ切符を差しあげた。

少尉が首をふった。「アメリカ人か？」上手な英語で、なまりがあっても聞きとれた。

マーラが席から立った。「みんなでハノイ大学を訪問していたの」前部へ進みながら、少尉に向かっていった。ベトナム語に切り換えた。「政府関係者が、サイゴンにいる訪問団と合流したほうがいいと判断したのよ」

「誰が？」少尉が、依然として英語で尋ねた。

マーラは、思いついた最初の名前を口にした——教育省のフーという高官が、サッカー・チームのベトナム訪問を主宰したのだと。この少尉には確認するすべがないはずだし、自信たっぷりに細かい話をすれば、しつこく追及されないだろうと計算していた。

だが、マーラの計算はまちがっていた。

「荷物を調べる」少尉がいった。

「どうして？」カーファーに状況がわかるように英語に切り換えて、マーラは訊き返した。

「どうして荷物を調べるの？　わたしたちを泥棒だとでも思っているの？」

「パスポートとビザを見せろ」少尉が要求した。

「わかった、取ってくる」

パスポートはポケットに入れてあったが、マーラは向きを変え、後部にひきかえした。見守っている兵士は一人だけで、あとはＭＰ３プレイヤーを聴いているか、本を読んでいた。

マーラは、ショルダーバッグをあけて、急いで探すふりをした——拳銃が見えないようにしながら——それから、服のポケットを叩いた。ポケットに手を入れ、パスポートを出した。そこには二〇ドル札が一枚、挟んである。

少尉がパスポートをひらいたが、札は抜かなかった。

「なにか問題がある?」マーラは訊いた。

「交通手段はすべて、軍が管理している」少尉がいった。「教育省は関係ない」

少尉のうしろから、カーファーが近づいてくるのが見えた。

席に戻ってよ、とマーラは心のなかでつぶやいた。もうちょっとで片づくんだから。

「ホーチミン市のどこへ行く?」パスポートを見ながら、少尉が訊いた。

「駅に着いたら電話することになっているの」マーラはいった。「迎えの車をよこしてくれるでしょう。そうだといいけど。さもないと、歩かないといけない。もちろん、向こうの指示に従うけど」

「誰の子供だ?」

「わたしの」

「パスポートには記載がない」

「アメリカでは、必要ないのよ」マーラは嘘をついた。

パスポートを閉じると、少尉はそれを手に軽く叩きつけた。金を抜こうかどうしようかと、迷っているようだった。

ようやく札をさっと抜くと、パスポートを返した。

「それじゃ、荷物を見せてくれ」

カーファーが片手をあげて、拳銃が見えた。マーラがなにかをいう前に、カーファーが引き金を引き、少尉の頭の横に一発撃ちこんだ。

12
ハノイ

景《ジン》はフイン・ボーに、単純な説明をした――戦争勃発の数日前にベトナムに来たアメリカ人科学者を探している。ボーの中央官庁での仕事は、そのアメリカ人が指定されたホテルに投宿しているかどうかを警察に問い合わせるのに、格好な口実になる。

実質的に祖国を裏切る行為だという事実を、景はごまかそうとしなかった。昼の食事のときに落ち合うと約束して、仕事場の手前まで送っていった。それから、南へと歩いていった。用心してはいたが、前に来たときよりもずっと自信がついていた。

ハノイは非常警戒態勢で、街路のあちこちに兵士がいた。だが、景には見向きもしなかった。景は、ある程度いい仕事についている同年代のベトナム人と、変わらない服装だった。こざっぱりした黒いズボンとライトブルーのシャツは、バックパックから出して、ボーにきちんとアイロンをかけてもらった。ベトナム人にしては背が高く、中国人のように見えたとしても、身分証明書、免許証など、偽装を裏づけられるさまざまな書類を所持している。

通りによっては、兵士がずらりとならんでいた。数カ所の交差点には、土嚢を積みあげた粗末な陣地があった。その横で鉄条網が渦巻いている。ベトナム人民軍は、いざという場合には市街戦も辞さない構えをとっていた。

そうはならないだろうと、景は予測していた。景の知っている範囲では、中国軍はハノイをほかの地域から切り離し、蔓《つる》の先端で枯れるのを待つつもりでいる。ベトナムはいずれ平和を乞うことを許されるだろう――むろん、国際社会が干渉しないことが前提になるが。

そのために、景はここに来ている。

通りの向かいからじろじろ眺めている一人の兵士と、視線が合った。景は眉をひそめたが、揉《も》めごとを起こしたくないと思っている卑屈なベトナム人を思い浮かべ、顔を伏せて歩きつづけた。通りを渡り、角を曲がって、商店街に出た。普段なら車が渋滞しているのだろうが、今日はほとんど走っていない。例のスクーターや自転車の群れまでもが、景が前に来たときと比べると、ずいぶんまばらになっている。

目当ての店は、商店街のどまんなかに位置していた。ドライクリーニング店を兼ねた小さな仕立屋《テーラー》で、洋服をあつらえることができる。流行がどんどん欧米化して――輸入品がふえて――いるので、仕立屋の売り上げは、十年ほど前から急激に減少している。そこも埃《ほこり》の積もった古めかしい店と見なされていた。客はほとんど年寄りばかりだった。

景は、用心深くはいっていった。仕立屋の店主は椅子に座って、客の男と話をしていた。景がはいってゆくと、二人が顔をあげた。

「スーツの採寸をしてもらいたいんですが」景はいった。

仕立屋が、なにもいわずに立ちあがった。ポケットから巻尺を出して、のろのろとのばした。

「あんたはよほどの楽天家だな」男がいった。

景は答えなかった。長くしゃべるとなまりで勘づかれるのではないかと恐れていた。

仕立屋が採寸を始めた。足をひきずるようにして、ゆっくりと動いていた。動作が氷河なみに遅かったが、手だけはちがっていた――建築現場で墨出しをするみたいに、ぱっと巻尺をのばした。キャスティングに失敗したあとでラインを巻きこむ釣り師みたいに無駄のない動きで、テープを指でたぐり寄せていた。仕立屋は、香りのついたお茶の匂いを漂わせていた。

「防御は進んでいるかね?」男が訊いた。

景は肩をすくめた。

「通りにバリケードを築いているか?」

「いや」景は答えた。

「バリケードは築かないだろう」仕立屋がいった。ささやくような小さな声だった。だが、聞きとった男が答えた。

「築くさ。まあ見てろ」

「アメリカとの戦争でも、そういう準備はしなかった」

「中国人は、アメリカ人とはちがう。中国人は平気で虐殺をやる。ハノイにはいってきたら、女をさらうだろう」

「ハノイにははいらないさ」仕立屋がいった。股下を測れるように、景の右脚を動かして、股を少しひらかせた。

「中国人は悪魔だ」客の男がいった。

「そうだな」景はいった。

「ちがうというのか?」

「ああ、やつらは悪魔だ」

「やつらは撤退すると思うね」採寸を続けながら、仕立屋がいった。

「国境紛争はそういうものだ。われわれが打ち負かされないことを、中国は思い知る。やつらは逃げ帰る」

「アメリカが中国をそそのかしたんだ」男がいった。「ひょっとすると、計画を立てたのもアメリカ人かもしれない。復讐のために」

「復讐だって」仕立屋がいった。「四十年前の話だぞ。われわれのことなんか、あんたのガス台の下の埃ほどにも気にしちゃいないさ」

仕立屋は、重い足どりで、店のいっぽうの小さなテーブルのほうへ行った。カップに立ててあった鉛筆を取り、芯の先を舐めてから、メモ用紙に数字を書きつけた。それから、景のほうを向いた。

「どういうスタイルがいい?」

景はいいよどんだ。どういう選択肢があるのか、わからなかった。

「一番人気のあるスーツはこれだ。香港ではこれを着ている」

「香港は中国だぞ」客の男がいった。「べつのを見せてやれよ」

「きめるのはお客さんだ」仕立屋は、横手のラックのほうへ行った。

「だけど、どうしてスーツがいるんだ？」男が訊いた。「棺桶《かんおけ》にはいるためか？」

「仕事です」景はつぶやいた。

「仕事？　仕事にスーツなんかいらないよ」

「これはパリで人気がある」仕立屋がいった。「お客さんみたいな若者が、格好よく見せたいときには、これを選ぶ」

「ふむふむ」景はいった。

「そろそろ市場に行かないと」男がいった。「あとで会おう、ロアさん」

「じゃあな、フンさん」

仕立屋が、べつのスーツを出して、景に見せた。「これもフランス風だ」ドアが閉まると同時にいった。

「帽子も見せてほしい」景はいった。

仕立屋が、スーツをラックに戻し、べつのスーツを出した。

景は、うっかりしてちがう店に来てしまったのではないかと思った。

「このほうが生地が薄い」仕立屋がいった。

「気が変わった」景は唐突にいった。「あんたの友だちのいうとおりだ。スーツを買うには時機が悪い」

出ていこうとした景の腕を、仕立屋がつかんだ。見かけは弱々しそうだが、手の力は強かった。

「いたるところで、誰かが目を光らせている」仕立屋が、中国語でささやいた。「とことん用心しないといけない」

「わかった」景はいった。

「パリ風のスーツが最高だ」仕立屋が、ふたたびベトナム語でいった。「黒がいいだろうね」

「お任せするよ」


任務があり、アメリカ人科学者を探していると、景は説明した。中国の情報機関が国連のウェブサイトから手に入れた写真を見せた。仕立屋は、その男には見おぼえがなく、伝言を伝えるということしか請け合えなかった。

その年配の仕立屋は、低レベルの工作員で、純然たるスパイではなく、仲介役として安全器の機能を果たしている。つねに捕まる危険にさらされている現場工作員と、上級レベルの工作員がじかに接触しないようにするための存在だった。どんな情報収集網にも、いくつかの安全器がある。

いや、ひょっとしてそんなものは存在しないかもしれない。ことによると、この年寄りは、ハノイの中国諜報網を束ねている親玉かもしれない。

用心しろと景に警告したあとで、仕立屋は、ハノイ空港は効果的な空爆によって、現在は閉鎖されていると告げた。ダナン発の情報では、そこの空港も使用されていないという。ベトナムからの国外便が出発しているのはサイゴンのみだから、アメリカ人はそこを目指すはずだと、仕立屋はいった。

「憶測ではなく、もっと確実な情報がほしい」と景はいった。

「外国人はほとんど、戦争が勃発した日に南へ向かった」仕立屋がいった。「それ以外のことは断言できない」

こんな仕事にかかわるよりも、早く出ていってほしいと思っているように見えた。調べるようにといわれたホテル二カ所のことは伏せておこうと、景は判断した。

「南へ行くのに、どういう交通手段がある？」景は訊いた。

「うーむ」仕立屋はうなった。奥へはいっていった。景は待った。仕立屋が、小さな衛星携帯電話を持って戻ってきた。

「午後六時以降に、あんたに電話がある。指示されるはずだ」仕立屋はいった。「金はあるか？」

「ああ」

「こんど来るときには、スーツはできているよ」誰かにやりとりを聞かせるかのように、仕立屋が大声でいった。

「どうもありがとう」景は答えた。

13

マーラは自動的に反応し、マーを伏せさせると同時に、ショルダーバッグから拳銃を抜いた。マーラがベレッタを握ったときには、自動火器の銃声が車内に響き渡った。SEAL隊員五人が、ベトナム兵を皆殺しにしていた。

「後部から出る」マーを抱いて、マーラは叫んだ。「早く。行くわよ！」

車両のうしろ寄りのデッキへ行くと、列車の鍵を出して、ドアの鍵穴に差しこんだ。ドアが勢いよくひらいた。

列車の速度は、時速一五キロメートル程度に落ちていた。急いで飛びおりるしかない。

「落ちたら転がって」マーラはジョシュに指示し、マーとともに飛び出した。手で押して、線路からできるだけ離れるようにした。転がって、着地の勢いを背中で受け止め、マーを護った。

マーラは起きあがり、マーの顔を見た。泣いているにちがいないと思った。だが、目を怒らせ、決然とした表情を浮かべていた。

「あいつら、悪いやつら」マーが、ベトナム語でいった。

「そうよ。でも、もうだいじょうぶ」マーラはそう答えた。

銃声とともに頂点に達したアドレナリンの分泌は、ジョシュが着地したとたんに消え失せた。痛みのあまり、全身が破裂しそうになった。息ができなかった。

「早く、さあ」マーラが、ジョシュを引き起こした。

「ぼくは――息ができない」

「早くして」マーラはそういって、ジョシュをひっぱった。

SEAL隊員たちが、そのあとから飛びおりてきた。ジョシュはどうにか歩を進めた。朦《もう》朧《ろう》としており、吐き気にくわえ、頭がガンガン痛んだ。

線路と道路が並行していた。ジョシュは必死で息を吸おうとした。マーラが車線に出て、拳銃を構えた。近づいてくる車に躍起になって合図した。怯《おび》えた運転手がブレーキを踏んだ。

マーラはドアを引きあけ、運転していた女に向かってベトナム語で叫んだ。女が車から出て、道路を渡って逃げた。

「乗って」マーラはジョシュに命じた。

ジョシュは、助手席側のドアをおずおずとあけかけた。リトル・ジョーが、うしろからその体をつかんで、ドアハンドルを握り、ドアをあけた。二人が乗りこむと同時にマーラはアクセルを踏み、方向転換をした。べつの車と、危うくぶつかりそうになった。

「カーファー大尉を乗せないと」リトル・ジョーがいった。「ドアのロックを解除しろ」

ジョシュは、わけがわからず、呆然としていた。隣りにいたマーが、膝《ひざ》に乗ってきた。リトル・ジョーがジョシュの上から手をのばしてドアのロックを解除した。きいきい声が飛び乗ってきて、ジョシュをリトル・ジョーのほうに押しつけた。

「大尉はもう一台に乗った」きいきい声がいった。「行け！　行け！」

マーラはアクセルを踏みつけた。タイヤが悲鳴をあげ、反対車線を五〇〇メートルほど突っ走ったところで、交差点に出た。マーラはハンドルを切り、線路を乗り越えて、東に向かう道路で加速し、やっと右の車線に戻った。

「吐きそうだ」ジョシュがいった。

「吐いて」マーラはいった。「とめているひまはないわ」

八キロメートルほど進むまで、マーラは車をとめなかった。さいわい道路を走っている車はほとんどなく、農家の古いトラックを数台見かけただけだった。

さらにありがたいことに、ジョシュは吐くのをなんとか我慢していた。

ずっと裏街道を走り、幹線道路に沿って点々とある町の周辺を抜けた。その地域は、ほとんどが水田や畑に区画された、完全な農業地帯だった。

カーファーの車が、すぐあとに続いていた。カーファーが奪ったのはピックアップで、SEAL隊員二人が荷台に乗っていた。撃つ相手を探していることはまちがいない。

マーラは、カーファーに腹を立てていた。憤激のあまり車が道路をはずれないようにするのにも苦労していた。

「あなた、だいじょうぶ?」マーラは、ジョシュに訊いた。

うめき声が答えだった。

「じきにとめたほうがいい」きいきい声が提案した。

左手の放棄された掘っ立て小屋に通じている土の道を、マーラは見つけた。ブレーキをかけ、急ハンドルを切って曲がるとき、土の地面で横滑りした。小屋の前に車をとめると、拳銃を持って飛びおりた。

カーファーがあとに続いた。

「どうしてあんなことをしたのよ?」マーラは、甲高い声でカーファーに食ってかかった。

「あんたのバッグに拳銃がはいってるのを見つけたら、やつはどうしていただろうね?」

「買収していたところだったのよ」マーラはいった。「金をもっともらいたいから、ああいったのよ。仮にそうなったとしても、戦争中だから武器を持っているといえばいい。あいつは文句をいわなかったでしょうね。もっと金をよこせというだけで」

「そうかね。二〇ドルで無罪放免してもらえると思うのか? 誰でも買収できるわけじゃないぞ。金を握らせたことで、あいつを怒らせたかもしれないんだ」

「あの少尉の部隊が、追いかけてくるわ」

「追いつくには時間がかかる」カーファーはいった。「なにが起きたか、まだ気づいていないかもしれない。列車の音で銃声は聞こえなかっただろう」

「間抜けな大尉、あなたは味方を七人も殺したのよ」

「あれが味方なら、おれたちはどうしてこの国からこっそり逃げ出さなければならないんだ？」

マーラは、憤然と足を踏み鳴らして、車に戻った。ジョシュが小屋のそばでかがんでいる。きいきい声とリトル・ジョーが、ジョシュと車のあいだに立ち、マーラのほうを見ていた。マーラは運転席についた。きいきい声が助手席に乗り、脚をのばせるように座席をうしろにずらした。

「どこへ行くんだ？」きいきい声が訊いた。

「南」マーラはいった。

「殺《や》るか殺られるかだったんだ」きいきい声はいった。「反射的なものだ。おれたちはそういう訓練を受けている」

「あなたたちが凄腕なのはわかっている」マーラはいった。「でも、リスクを負わなければならないこともあるのよ」

「一年前、アフガニスタンで引き揚げの際に、大尉は部下を何人か失ったんだ」きいきい声がいった。「民間人に変装して脱出させるようにという命令だった。警官を装ったタリバンが現われて……」

きいきい声は、そこで話をやめた。

「ここはアフガニスタンじゃない」マーラはいった。

サイドウィンドウをあけて車を走らせるうちに、新鮮な空気のおかげで、ジョシュは頭がはっきりしてきた。

最初は、列車内で起きたことが、ひどく遠く思えた。中国国境近くで、前進する中国軍の後背にいたときの出来事よりも、ずっと遠いことのように思えた。だが、それがしだいに焦点を結びはじめた。

「気分はどうだ？」リトル・ジョーが訊いた。

「少しましになった」

「ちょっと眠ったみたいだな」

「ああ、たぶん」

「おなら、したか？」

「ゲロが出てきただけだ」ジョシュは、袖で口を拭った。口のなかに味が残っている。「ベトナム兵は、どうしてぼくたちを撃ったんだ？」

「撃ってない。撃つ前に殺った」

「ぼくらが味方だというのが、彼らにはわからないんだろうか？」ジョシュは訊いた。

「おれたちは誰の味方でもない。自分だけが味方だ」リトル・ジョーがいい放った。

「ちがう。それは事実じゃない。ぼくらはなんとかして——全世界でこれを解決するようにしないといけない」

「夢を見てろ」

フースーイエンの南東の小さな町で車二台が手に入れられるように、ファイが手配していた。車にくわえて、予備のガソリンや水などの補給品も用意されていた。

危険を冒していったん東に向かうべきかどうか、マーラは検討した。乗用車やトラックがどうしても必要だし、この二台を使いつづけるのは危険が大きい。だが、軍がいる方角に戻れば、さらに大きな危険にさらされる。

サイゴン——正式にはホーチミン市だが、そう呼ばれることはめったにない——は、直線距離でも一一〇〇キロメートル離れているし、道路は一直線ではない。ベトナムの幹線道路は曲がりくねっているから、ハノイからサイゴンまでは二十四時間の強行軍になる——それも、万事が順調ならの話だ。丸二日、走りつづけることになるだろうと、マーラは計算した。

マーラは真南を目指した。できるだけ集落を避けるようにして、農地を通っている地方道をジグザグに走った。三十分進んだところで、うしろのカーファーがヘッドライトをパッシングしているのに気づいた。

マーラは、道端に車を寄せた。

「ガソリンがなくなりそうだ」カーファーがいった。

マーラが車に戻りかけたとき、航空機二機が接近する音が聞こえた。ジェット機で、超低空飛行している。

カーファーが、トラックから飛びおりた。「出ろ！　道路からそれろ！」

ジョシュたちは、すでにおりていて、道端の溝に隠れていた。マーラがそこへ行く前に、ジェット機は上空を通過して姿を消していた。

「J（殲撃《せんげき》）-12」スティーヴンズがいった。「中国の最新鋭ステルス機だ」

「でかい爆弾を積んでいた」ジョシュはいった。

「機体下のあれは増槽（予備燃料タンク）だ」スティーヴンズが説明した。「航続距離をのばすために積む。だが、やばい兆候だよ――やつらがもうベトナムのレーダーを怖がっていない証拠だからな。戦争が始まってから最初の一時間で、全部破壊したんだろうな」

「おい、パイロットを気取ってるんなら教えろ」カーファーがいった。「偵察していたと思うか？」

「防御態勢を調べてるんだろう」スティーヴンズが答えた。「それとも、ベトナム軍の残存防空能力を見きわめようとしてるのか。中国軍は、偵察には無人機を使う」

「カーファー、車を一台頼むわ。番をして」マーラはいった。「それと、マーも。ジョシュとわたしがガソリンを手に入れる。二人で」

「だめだ。警護が必要だ」カーファーはいった。

「警護？」

「とぼけるなよ」

「運転台にわたしたちと一緒に、一人だけ乗る」カーファーの意見が正しいと思い、マーラはそういった。「荷台に誰かが乗っていたら、怪しまれる」

「怪しまれやしない。ここの連中は戦争をしてるんだ、女スパイ。自分たちの身を護ることで精いっぱいで、あとのことは気にするものか」

マーラは譲らなかった。カーファーに、ついてくるようにと命じた。ガソリンスタンドがあったら、マーラの車がはいっていき、カーファーはそのまま通過して、少し先で待つ。

「おれを撒《ま》こうっていう魂胆じゃないだろうな？」ようやく同意したカーファーがいった。

「そうしたくなってきた」マーラはいった。


ガソリンスタンドの給油ポンプは、アメリカにあるものと似ていた。明るい蛍光灯に照らされ、ＰＡＴＲＯというネオンが光っている。白いシャツに黒いズボンの銀髪の男が、奥にあるコンクリートブロックの建物から出てきた。男は脚が悪く、体が傾いていた。不自由な右足を、ひびのはいった舗装面でひきずるようにして歩いていた。

マーラときいきい声がおりて、ジョシュが車内に残った。

さびれたガソリンスタンドと、列車で起きたこと――それまでの数日の出来事はいうまでもなく――の対比は、じつに鮮明だった。そのガソリンスタンドは、戦争などまったく経験していない世界に属し、外の世界の用をなしているように見えた。その向こう側に、道路から奥の農地にこぼれ落ちたような感じの家が数軒あった。いずれもガソリンスタンドとおなじブロック造りで、それぞれに傷《いた》み加減はちがうが、トタン屋根が錆びたり割れたりしていた。道路の近くには住宅だけではなく商店もあり、正面の階段に何人かがうずくまったり座ったりしているのが、ジョシュのところから見えた。八歳ぐらいの男の子が、トラックをしげしげと見ていた。そんな車が持てたらどうしようかと思っているのかもしれない。

　ガソリンスタンドの店主がガソリンを入れるあいだ、マーラは話をしていた。ほとんどマーラがしゃべっているようだったが、ときどき店主がふりむいて、大げさな手ぶりをまじえ、ふたことみこといった。満タンになるまで数分、二人のやりとりは続いた。やがて、店主とマーラが建物にはいっていった。やがて出てきたときには、それぞれ五ガロン（約一九リットル）入りの容器を提げていた。それにもガソリンをいっぱいいれて、荷台に積んだ。

「カーファーに、戻ってきて、満タンにするよう指示するわ」トラックに戻ると、マーラはいった。「このあたりでガソリンがあるのは、ここだけだという話よ」

「商売繁盛のためにそういったのかもしれない」きいきい声がいった。

「ちがうと思う。この一週間、配達されていないそうよ。ほかの店もおなじでしょう。戦争が始まってから、中国軍に貯蔵タンクを吹っ飛ばされなかったとしても、軍が徴発したはずよ」

　カーファーとあとの一行は、八〇〇メートルほど先で待っていた。カーファーはベトナム語があまりしゃべれないので、自分が一緒に戻ると、マーラはいい張った。ジョシュはSEALチームと一緒に残され、マーラとカーファーがひきかえしていった。ジョシュはフロントシートに座って、フロントトウィンドウから前方を眺めていた。頭のなかが雑然としていた。

みぞおちの下のほうから股間にかけてが、燃えるようだった。額がひどく熱い。だが、どういう病気にかかったにせよ、気がかりなのはそればかりではなかった。頭が混乱し、周囲で起きていることを理解することができず、理解しようという気にもならなかった。相反した整理のつかない物事が多すぎる。死や矛盾で混沌《こんとん》としている。

マーが、うとうとしながら、もたれていた。また親指を吸っている。

眠りかけている。マーを眺めたとき、人形を持っていないのに気づいた。列車のどこかに落としたのだろう。

くそ。

トラックの外では、SEAL隊員たちが物蔭に伏せて、道路を見張り、待っていた。そのうちの一人――シルヴェストリというイタリア系アメリカ人で、テキサス在住の〝イタリア人〟は自分一人だと主張している――が、列車でシャツに血のしみができたことに気づき、それを脱いで下着姿になっていた。あとの隊員が、シルヴェストリの体つきをからかって、ジョークのネタにしていた。それから血のことをいって、シャツに亡霊が取りついていると脅した。

SEALの基準からすれば、たいしたことのないジョークだったが、ジョシュはぎょっとした。

「よくジョークなんかいえるな」ジョシュは、自分にいい聞かせるように、何度かつぶやいた。だが、きいきい声に聞きつけられた。

「どうした、ジョシュ？」きいきい声が、トラックに近づいてきた。

「あんたたちは、ジョークをいってる」

「緊張をほぐすためだよ」

「ベトナム軍将校の頭は、トマトみたいに破裂した」

「ああ」きまり悪そうに、きいきい声が頬をゆるめた。「そうだな」

「むかつく」

「あんたの頭がそうなったほうがよかったのか？」マンチョが、尖った声で弁解気味にそういった。

「いや」ジョシュはいった。

「気持ちはわかるよ」リトル・ジョーがいった。「あんなことを目の当たりにしたんだ――いやな気分になるさ」

「なんだっていやな気分になるんだろう」マンチョがいった。「おまえは弱虫だからな」

「あたい、弱虫よりもっとひどい」リトル・ジョーがいった。「女の子みたいな弱虫だから」笑った。

「だいじょうぶだな？」きいきい声が、ジョシュに訊いた。

ジョシュはうなずいた。

きいきい声が手をのばした。「おい、だいぶ熱いじゃないか。熱があるぞ。わかってるのか？」

「まあな」

「アスピリンは？」

「いくつか飲んだ」

「子供は眠ってるか？」

「ああ」

「あんたが病気なら、あまりくっついていないほうがいいんじゃないか？」

「ジャングルで二日ぐらい抱いて運んでいた」ジョシュはいった。「うつるんなら、もううつっているはずだ」

「確かに」

きいきい声が、仲間のところに戻り、トラックのそばでまたジョークのやりとりが始まった。

ジョシュはまた、フロントウィンドウから外を見つめた。

しばらくして、マーラとカーファァーが戻ってきた。マーラときいきい声は、ジョシュを挟むようにして乗りこんだ。

「これだけガソリンがあれば、サイゴンのかなり近くまで行けるはずよ」道路を走り出すと、マーラはジョシュにいった。「どういう状況かわからない。まだパニックは見ていないけれど、南部はちがうかもしれない」

「ああ」

「中国軍は、西の谷間を進んでいる」マーラはなおもいった。「ホアビン湖付近で停止せざるをえなくなったけれど、そこを通過したら、ニンビンまでいっきに進める。ニンビンは、わたしたちが避けなければならない、次の部隊集結地よ。一時間ぐらいしたら、兵隊が見えはじめるでしょう。この辺の住民は、まだ戦火をあまり目にしていない」

マーラは、説明をやめて、ジョシュのほうを見た。顔をくっつけるようにしていった。

「だいじょうぶなの？」

「なんとか」

「おなかは？」

「小便をすると痛い」

「それに熱がある」

「ああ」

「早く手当てしないといけない」不安げな顔になっていた。「がんばって」

「なんとかね」

14

ハノイ

仕立屋を出た景悠《ジン・ヨウ》は、ビジネス街のハイバチュン地区を目指した。調べたほうがいいと情報報告書に書いてあったホテル二軒を調査するためだった。

景は、フイン・ボーの家に武器を置いてきた。たとえ拳銃でも、所持している理由を訊かれたら、弁解できないかもしれないと不安だった。それに、ターゲットを見つけて計画を立てる前にそういう危険を冒すのは、賢明ではなかった。第一、状況さえ許せば、素手と足でターゲットを殺すこともできる。

レーニン公園は、対空陣地に使われていた。戦車や兵士の群れが、出入りを制限している。その向こうに、後部に高射砲を取りつけたトラックが見える。

川に向けて数ブロック歩いてから、北に折れた。最初に寄るのは、ヒルトン・ハノイ・オペラだった。隣接したオペラハウスを模した壮麗なデザインで、周囲を圧倒する立派な建物だった。

ドアの前の警備員たちは、腰にホルスターの拳銃をこれ見よがしに帯びていた。景がホテルにはいろうとすると、一人が制止した。

「宿泊客ですか？」

「人に会いにきた」景は答えた。

「名前は？」

景はちょっと考えた。

「アメリカ人だ」

「名前は？」鋭い声で、警備員がくりかえした。

「ジョシュ・マッカーサー」ターゲットの名前を出しても問題はないだろうと判断して、景はそういった。「国連の仕事をしている」

「ここで待て」警備員がいった。

景は腕組みをして、ドアから一歩離れた。ドアマン二人が、眉根を寄せて、こっちを見ている。はいろうとしても、制止されることはないだろうが、そんなことをやっても無意味だ。

くだんの警備員がすぐに戻ってきた。

「マッカーサーという宿泊客はいない」

「宿泊客かどうかはわからない」景はいった。「ロビーで会いたいといわれただけだ」

「宿泊客でないとはいれない」警備員がいった。

「電話すればいいじゃないか」べつの警備員がいった。「携帯電話で」

「通話できる状態なのか？」景は警備員の顔を見た。

「ときどきは」

嘘をついているのだとわかった。力になるふりをするために、そういったのだ——感じのいい人間だと思われたいために。ただ人に好かれたいと思っているのだ。成り行きも考えず、感情で行動してしまい、結果、自分の嘘であがきがとれなくなっている。

弱い感情——人に好かれたいという気持ち。

愛されたい。だから、自分もフイン・ボーのところへ行ったのではないか?

弱さに負けてしまった、と景は心のなかでつぶやいた。

「ほかの連絡方法を考えるよ」景は警備員たちにいった。「ありがとう」


次に調べる高級ホテルは、ハノイ最高のフレンチ・レストランがあるソフィテル・メトロポールだった。ここは警備員にさえぎられることはなく、ドアマンは武装しているにせよ、ヒルトンとはちがって目につかないようにしていた。ロビーには外国人がおおぜいいた。景は会話を盗み聞きしながら、そのなかを抜けていった。

ヨーロッパの人間ばかりのようだった。ほとんどはフランス人だ。

一人が景をウェイターだと思いこみ、ブランディを持ってきてほしいと頼んだ。景が睨んだので、その男はまちがいに気づいた。

「失　礼《エクスキュゼ・モワ》」フランス語で、男が謝った。

「サ・ネ・ファイト・リャン」景はたどたどしく、いいんですよ、と答えた。フランス語はあまり得意ではない。

「よかった《サ・ヴァ》」男が答えた。「英語はできるかね？　わたしはベトナム語はだめなんだ」

「少しわかります」景はいった。むろん嘘だった。中国の学校ではたいがい、幼いころから英語を学ばせる。それに、景は軍に入隊してからも、勉強を続けていた。

「この戦争は——えー——」フランス人の男は適切な言葉を探した。「悲惨だね」

「ええ」

「ここに泊まっているのかな？」

「友だちを探しているんです」景はいった。「そいつのことが心配で。アメリカ人です」

フランス人が、一杯おごろうといった。景はバーについていったが、なにを飲むかと訊かれたときには、ミネラルウォーターにした。

フランス人の話では、ハノイにはアメリカ人はあまりいないという。ブランディをちびちび飲みながら、探すのならヒルトンがいちばんいいだろうと教えた。

「ええ」景はいった。「でも、ヒルトンにはいませんでした」

フランス人が、ほかのホテルの名前をまくしたてた。話がしたくてたまらないらしい。二杯目のブランディを飲むと、英語が流暢《りゅうちょう》になったが、発音のほうは怪しくなった。景は、必死で言葉を理解しようとした。

「ホテル・ニッコーにもいっぱい泊まっている。ほとんどはアジアの人間だが。空港が閉鎖された。海沿いに南へ行く列車があるが、それに乗るのは馬鹿だと、みんながいっている——爆撃されるに決まっているからだ」

「それじゃ、ここにとどまるんですか?」

「できるだけ早く逃げ出すよ」

「なるほど」

「わたしはビジネスマンだ。戦闘員じゃない。化粧品を売っているんだ」フランス人が気恥ずかしそうに笑った。「もう一杯どうかね?」


落ち合う場所に決めてあった小さなカフェで、フイン・ボーは景を待っていた。道路とは鉄の柵で仕切られている、舗道のテーブル席にいた。景が近づくと、ボーは目を伏せた。景は挨拶抜きで腰をおろした。ボーが力になってくれることはわかっていたが、彼女と関係を結んだ自分に腹を立てていた。

「役所は外国人の追跡をあきらめてしまった」ボーがいった。

「やむをえないだろうな」

ウェイターが来た。景は白身魚の炒め物料理、チャーカーを頼んだ。

ボーは、なにも注文しなかった。

「仕事に戻らないといけないの。ごめんなさい」

「どうぞ」景は低い声でいった。

ボーが、景の顔をちらりと見てから、立ちあがった。

「今夜は?」景に触れて、ボーが尋ねた。

景は答えなかった。できれば会いたくなかった。それでいて会いたかった。この世の何物よりも彼女を欲していた。

ボーがすばやくかがんで、景にキスをした。


ナイフが口もとでひらめくように。

景は息をとめ、衝撃のあまりじっとしていた――突然だったとはいえ、キスに驚いたのではなく、それが残した一瞬の熱に打たれて。


ランチのあとで、景はフランス人が列挙したホテルを思い出し、一軒ずつ順にまわって、調べていった。三番目のホテルで、完璧な手順ができあがった。たいした技術はいらない。ホテルにはいり――警備が厳重なのは、ヒルトンだけだとわかった――外国人の一団を探す。最初はロビーで、それからバーで。景はベトナム人のように見えるので、外国人たちは情報源になると考え、親しくなろうとした。脱出できそうなルートはないか、中国軍はどこまで迫っているのか、ベトナム人民軍は崩壊しているのか、などと景に尋ねた。景は、できるだけ楽観的な答えを告げた。相手が明るい気分になったほうが、質問しやすい。

国連の仕事をしているアメリカ人を探している、と景は話した。そのあとで、情報を聞きだすのに役立ちそうな細かい話をした。

助言やヒントはあったが、景の会った人間は誰もジョシュ・マッカーサーを見ていないということがはっきりした。午後六時から停電が実施されるという発表があり、それが大きな不安を煽《あお》って、景が話をした人びとの多くが取り乱していた。そのまま電気が復旧しないのではないかと思っている者もいた。

一人の男は、無事に出国させてくれれば一万ドル払うと持ちかけた。

「列車はまだ動いているそうですよ」景は冷ややかにいった。

四時半になると、仮に科学者がハノイにいるとしても、目につくホテルは避けたにちがいないと、景は気づいた。完全にベトナム人向けのホテルでは、護衛と一緒のアメリカ人科学者はめだちすぎるので、いい場所とはいえない。しかし、アメリカ人以外の外国人が主に泊まっているホテルも、観光地周辺にある――そういうホテルを探すべきだ。

ターゲットを見くびっていた、と景は自分にいい聞かせた。それが重大なあやまちだった。警備されているようなホテルを、アメリカ人科学者は選ぶはずだ。あるいは、警備がまったくなく、見張りを配置でき、楽な脱出を計画できるようなホテルを。

その手のホテルはごまんとある。ハノイ・ニッコーを思い出し、調べにいった。だが、話を聞きだすのはむずかしかった。アメリカ人数人を前に見かけたと、一人がいった。女が一人交じっていたことも憶えていた――背の高いブロンド――それに、景のターゲットに風采が似ている男もいた。だが、どちらとも話をしていなかった。

フロントも、その男のことは記憶していなかった。

景はホテル・ニッコーを出て、フイン・ボーのアパートメントへ歩いていった。戻るまいと決意していたのだが、足が向いていた。

昼時のキスを、いまも憶えている。ボーの唇と、その熱が感じられる。

ボーが戸口で景を出迎えた。シルクの長いシュミーズを着ていた。欧米風の薄物の下で、ボーの体が流れているように見えた。景のわずかな抵抗は、完全に消え去った。ボーは景を家のなかに引き入れ、唇を合わせた。二人の唇が触れ合ったとたんに、景はすべてを捨てた――名誉や任務への熱意だけではなく、意志も人生も。

床に置かれた寝椅子で、二人はセックスをした。戦争は存在しなかった。景はゆるやかにボーのなかにはいり、やがて景も存在しなくなった。


景がうとうとしかけたとき、携帯電話が鳴った。ズボンのポケットに入れてある。はるか彼方の。

景が起きようとすると、ボーがその胸にしがみついた。

景はそっとボーを押し戻した。

「はい」電話に出た。

「ハノイ最高級ホテル」落ち着いていたが、機械のような声だった。「兵隊が護衛している。だが、もう南へ行ってしまったかもしれない。サイゴンの空港は閉鎖されていない。向こうで探させている」

「そっちへ行ったことはまちがいないのか？」景は訊いた。

「ほかの情報はない。明日六時に電話する」

電話が切れた。

景はベッドの縁に腰かけた。自分の信じる物事すべて、自分のすべてと、フイン・ボーのあいだで揺れ動き、崖っぷちに立っていた。

禅林の師匠の何人かは、圧力を受けているときには、声が聞こえてくるといっていた。自分たちが修行し、暮らしている山から、霊が漂ってくる。それが正しい道に戻してくれて、朝陽が靄《もや》をその熱で消し去るように、意識を明晰《めいせき》にしてくれる、と。

そうした声を景は渇望していたが、いまは聞こえてこなかった。これほど自分から離れてしまったと感じたことはなかった。今となってみれば、寺を出て陸軍に入隊したときの決断は、どの味のアイスクリームを選ぶかという簡単な問題に思える。

「景悠」

フイン・ボーが、背中に手を置いていた。

「行かなければならない」景は立ちあがった。

「どこへ？」

景が立つあいだ、ボーは手をのばしていた。裸の背中を、その手が滑り落ちた。

「ホーチミン市に行かなければならない。今夜」景は語を継いだ。「列車は走っているんだろう？」

「軍が徴発したわ。スパイが乗った疑いが持たれているの」自分のいったことに気づいて、不意に言葉を切った——自分がどちらの側なのかを意識していた。

「列車で——今日事件が起きたの」

「どんな事件だ？」

「兵士が数人殺された。脱走兵がやったらしい」

その瞬間、景は悟った。獲物がその列車に乗っていたことと、自分がこれからそれを追うということを。論理的な裏づけはなかった——しかし、わかっていた。

「その列車の行き先は？」

「ホーチミン市」

景はふりむいて、ボーの顔を見た。立ち去る前に、ひと目見ておきたかった。行かなければならないから。

「一緒に行く」ボーがいった。

「あさってはお母さんのお葬式だろ」

「一緒に行く」ボーがくりかえした。

「駅まで送ってくれ」

「一緒に行く」

15

ベトナム北部

受信していたラジオ局が聞こえづらくなったので、べつの局を探すために、マーラは手をのばしてスキャン・ボタンを押した。ベトナムの放送局は、まだ数局が放送を続けている。ベトナムに放送を続ける資産があるからなのか、それとも自分たちの用途――たとえばスパイ網のメッセージのやりとり――に都合がいいから中国が放送を妨害していないのか、知るよしもなかった。

ポピュラー音楽の局が見つかった。カーラジオは一瞬それに同調したが、すぐにまたスキャンしはじめて、おなじ局を見つけた。音楽を流しておくために、マーラは局を固定するボタンを押してから、道路に注意を戻した。暗くなっていたが、発見されないために、ライトを消して走っていた。できるだけ注意を集中しなければならない。

ジョシュは、きいきい声のほうに体を傾けて眠っていた。体温が、マーラに伝わってきた。熱がひどくなっている。

まさかジョシュがぐあいが悪くなるとは、予想していなかった。中国軍の海上封鎖――とワシントンDCの動向――も予想外だった。

だが、もうじきここを脱け出す。空港へ行って、飛行機に乗る——長い休暇をもらってもいいころだ。

「どれぐらい来たかな？」きいきい声が訊いた。眠ったり起きたりしている。

「もうじきよ」マーラはいった。

「検問所にぶつからなくてよかった」

「いい兆候ではないのよ」

「どうして？」

「国を護るために兵士がはせ参じてきて、至るところにいなければならないのに」マーラはいった。「これでは、中国軍があっというまにベトナムを席捲《せっけん》する」

「その前におれたちが脱出できれば、どうでもいいさ」

「ベトナムだけではすまないでしょう」

きいきい声は、答えなかった。どのみち、マーラは地政学の話をする気分ではなかった。ポピュラーの局がよく聞こえなくなったので、またカーラジオをいじくった。スキャンが続くばかりだった。マーラはスイッチを切った。

「そろそろ小便がしたい」きいきい声がいった。「とめてもだいじょうぶかな？」

「よさそうな場所を見つけるわ」

マーラはブレーキを何度か軽く踏んで、カーファーに合図してから、ゆっくりと路肩につけた。車が完全に道路をそれるだけの幅はなかったが、ほかの車はしばらく見ていないし、ラインをまたいでとめても、大きな問題はなさそうだった。ガソリンを節約するためにエンジンを切り、腕をのばしながら車をおりて、湿った夜気のなかに出た。

「どうした？」うしろで車をとめたカーファーがいった。電池を節約するために、チームの無線機は電源を切ってあった。サイゴンに近づいたときや、緊急事態のときだけ使うことにしていた。

「おしっこタイム」マーラは、皮肉っぽくいった。「それに、うちに電話しないと。マーのようすは？」

「アザラシ《SEAL》みたいに眠ってる。人形をなくしたな」カーファーはいった。「かわりを見つけてやろう」

「任せるわ」

路肩の向こう側は、下の畑に向けて傾斜していた。マーラは用心しながらおりていったが、暗いので水が溜まっている溝に踏みこんでしまった。反対側に登ったときには、くるぶしまで濡れていた。

麦の茎が脚をこすった。収穫まであとひと月ほどだろう。五年前にはここは休閑地で、農民も作物が育つとは夢にも思っていなかったにちがいない。

マーラは、ショルダーバッグから衛星携帯電話を出して、一つ息を吸うと、スイッチを入れた。

当直回線にかけると、ＣＩＡバンコク副支局長のジェシ・デビアスが出た。「やあ、もしもし、かわいこちゃん」のんびりしたしゃべりかたでいった。「そろそろ心配になってきたところだ」

「ハイ、ジェス」

「ちゃんと名前で呼んでくれよ。仕事の用事なんだろう」

同僚たちとおなじように、マーラもデビアスをミリオン・ダラー・マンという綽名《あだな》で呼ぶことが多い。だが、そう機嫌は悪くなくても、いつもの軽口や冗談をいう気分ではなかった。

「道路の状況はどうなのかと思って」マーラは、デビアスにそういった。

「いま画像を見ているところだ。きみらはベトナム人民軍第二連隊の八キロ北にいる。幹線道路には検問所が二カ所ある。次の舗装道路で東に迂回すれば、完全に避けることができる」

「ありがとう」

「もっと南では、不規則にパトロールを出している。なにか見つけたら連絡したいんだが」

「電話の電源を入れておくのは危ないと思う」

「だけどね、ダーリン、少しは危ないことも必要だよ」

「中国人はどこ？」

「きみの存在すら知らないだろう」

「よくいうわ」

「ほんとうだ。もっとも近い中国軍部隊は、ハノイの西の貯水池付近で立ち往生している。

迂回してラオスやカンボジアを通ろうとしているように見える。あるいは東の海岸からの上陸を待っているのかもしれない。いずれにせよ、そっちのほうはなにも心配いらない」

「あなたが自信たっぷりだと、安心するわね」

「ベトナムにきみの電話を追跡する能力はない、マーラ。電源を入れておいてもだいじょうぶだ。中国は、われわれがベトナムに要員を送りこんでいることを知っているし、きみを追ってはこない。心配しなくていい」

「あなたは猜疑心《さいぎ》が足りないわ」

デビアスが、一瞬言葉に詰まった。安全だというのを力説しすぎているが、精いっぱい励まそうとしているのだということは、マーラも承知していた。

「本部《ラングレー》はどんなふう？」マーラは訊いた。

「あまりきつい言葉は使いたくない。女性との電話だからね」

マーラは笑った。デビアスもにやにやしているのが、目に見えるようだった。デビアスは、昔気質の南部紳士、高位の聖職者、大学教授を演じるのが好きなのだ。手術をするといつもいっているヘルニアのことや、それ以外にも十以上のいろいろな物事についてブツブツいうのを楽しんでいる。だが、デビアスはきわめて経験豊富だし、危機の際には頼りにできることを、マーラは知っていた。

「電源は入れておいたほうがいい」デビアスはいった。「話ができなかったら、助けてあげられない」

「わかった」マーラはいった。「電源を入れておくわ」

「ありがとう」

「サイゴンで医者をよこしてほしいの」マーラはつけくわえた。「ジョシュが病気なのよ」

「どうしたんだ?」

「熱がある。おなかが痛い。小便をするときに痛い」

「伝染病でないといいが」デビアスがいった。

「食べたものに関係があるんだと思う。ホーおじさん(ホー・チ・ミン)の復讐よ」

デビアスは、もっと深刻に受け止めていた。「ぐあいが悪くなったのはいつだ?」

「けさから」

「ピーターにいったか?」

「話をしていないの。通信担当が出たから、ぶちまけるわけにもいかないじゃない」

「通信担当か、うーむ」

「うーむ、なによ?」

「ただのうーむだ」

「悪態つきじゃなくて?」

「報告することが多くて、いいきれない」デビアスは笑った。上司と話ができず、下級の通信担当が出るのは、そうめずらしいことではないが、それにデビアスは不安をおぼえたのだと、マーラは察した。しかし、デビアスは話題を変えただけだった。「SEALは手厚くしてくれているか?」

列車での出来事を、誰かにいっておくべきだというのはわかっていた。しかし、いまは適切な時と場合ではない。それに、デビアスがいいそうなことは見当がついていた……オムレツをこしらえるには、卵をいくつか割るしかない、というような台詞が返ってくるはずだ。つまるところ、それが正しい反応かもしれない。だが、そういいきる前に悩むのは当然だろう。

「みんなやさしいわ」

「なれなれしくしたら撃ち殺せ。電話のこと、忘れないでくれよ」

16

ハノイ

中国は、ベトナム北部の港を封鎖するためと称して、保有する空母を二隻ともトンキン湾に入れていた。巡洋艦一隻と駆逐艦多数を含むほかの艦艇が、封鎖を完璧にするために南へ航行していた。だが、マーフィーの見るところ、これらの艦隊の第一の目的は、上陸部隊の航路の安全確保に相違なかった。アメリカの偵察衛星が、海南島に集結している部隊を捉えている。海南島はかなり大きな島で、ベトナム北部に叩きこまれようとしている拳のようにも見える。部隊の大部分は、海南島南端の観光地で民間の港である三亜《サンヤー》に配置されていた。街の中心部の東にある軍事施設——通常、弾道ミサイル搭載潜水艦の基地に用いられている——は、混雑しているので、上陸用艦艇は一時的に、そこを避けて投錨《とうびょう》していた。

空からは格好の攻撃目標だが、最初から貧弱だったベトナム空軍は、いまではほとんど掃滅されていた。それに、海上からの攻撃は自殺にひとしい。海南島には中国軍の航空基地が多数あるので、空母やその護衛艦隊が付近にいなかったとしても、攻撃部隊は殲滅《せんめつ》される危険がある。海南島付近は水深が浅いので、大規模な潜水艦攻撃も成功の見込みが薄い。第一ベトナムにはまともな潜水艦がないので、そういう攻撃は選択肢にすらならない。

じつは、ベトナムにも潜水艦が二隻ある——骨董品の北朝鮮製で、特殊潜航艇と称しているが、棺桶と変わらない。ひどく老朽化が進んでいるので、係留されているハイ・フォンの桟橋から離れたとたんに沈没しかねない。

それがマーフィーに一つの案を思いつかせた。とてつもなく危険だし、正攻法ではないし、奇抜きわまりない。馬鹿げているといってもいい計画だった——だが、うまくいくかもしれないと思った。

ただし、それには山ほどの幸運が必要だ。

「いいですか、肝心なのは、ベトナム人民軍は上陸部隊にとってなんら脅威ではないと、中国軍が思いこんでいることです。脅威はゼロ。皆無だと。艦艇の配置を見てください」掩蔽《えんぺい》壕《ごう》指揮所の壁のほうへいった。ノート・パソコンの画像を、漆喰《しっくい》を塗ったコンクリートの壁に映写していた。会議テーブルのまわりにベトナム人民軍の将軍たちが十数名着席していたが、マーフィーはそのなかの一人、ベトナム人民軍最高司令官ミン・チュン将軍だけに向けて話をしていた。

ミン将軍は、その場で最高齢の軍人だった。いったい何歳なのか、見当もつかなかったが、第二次世界大戦中に日本軍を相手に戦ったと聞いても、マーフィーは驚かなかっただろう。

「中国軍の計画は、自分たちが損害をこうむることはないという確信に、完全に乗っかっています」マーフィーは説明を続けた。「ただ自分たちが優位だと思っているだけではなく、それを重力の法則みたいに信じています。海南島の部隊は無敵であるというのが、すべての前提になっています。ですから、その確信を突き崩すようなことをわれわれがやれば、中国は計画を変更せざるをえなくなる。少なくとも、延期せざるをえなくなります」さらにつけくわえた。「中国の侵攻を一日でも遅らせることができれば、われわれはそのぶん備えを固めることができる」

九割方避けられない敗北に備えることができる、とはいわなかった。

「では、どうやってやつらの裏をかけばよいのか？」すっかり講義モードの勢いがついたマーフィーは、説明を続けた。「われわれが敵地の基地に攻撃をかけ、ベトナムには自分たちの知らない大部隊が存在していたと思わせる。典型的な奇襲部隊の攻撃です。ただし、それをべつのものに見せかける」

中国に特殊潜航艇をわざと見せるのが、その第一段階になる――それも、多数あるように欺瞞する。それから、潜航艇部隊が姿を消す。続いて、潜航艇による攻撃が行なわれたように見せかけて、敵の港へ特殊作戦攻撃をかける。

「中国は、二と二を足して、四という答えを出す」マーフィーはいった。「答えが四百であれば、なおいっそうありがたい」

通訳の顔を見ると、ぽかんとした表情を浮かべていた。

「冗談だよ」マーフィーは通訳にいった。

通訳が説明した。ベトナム人民軍の将軍たちは、狐につままれたような顔をした。顔を見合わせたが、意見はいわなかった。ついにミン将軍が立ちあがった。壁に映写された海南島の映像に近づき、その衛星画像をしげしげと見た。

「これらの艦船は、給油艦だな」ミン将軍が告げた。マーフィーと話すときには、通訳を介さなかった。「空母の燃料を運んでいる」

「おっしゃるとおりです」マーフィーはいった。ミン将軍が細かい部分にまで気がつくのは当然なのだが、それでもその炯眼《けいがん》に舌を巻いた。

ミン将軍が席に戻って、腰をおろした。幕僚たちが、ベトナム語で協議しはじめた。マーフィーはペリーのほうを見たが、助け舟を出してくれるようすはなかった。まずい計画だと思っているのが感じられた。

だが、名案などどこにもない。空軍は殲滅され、海軍と呼べるものはなく、陸軍は手薄だ――これが精いっぱいだろう。

「悪い案ではない」特徴のあるおだやかな声で、ミン将軍がいった。「しかし、つけくわえるべきことが多々ある」

言葉を切り、考えをめぐらして、一分たっぷり間を置いた。

「給油艦を破壊すれば、空母は撤退せざるをえなくなる。空母は燃料が不足するはずだ」

「おっしゃるとおりです」マーフィーはいった。

「つまり、給油艦が第一攻撃目標になる」

「そうですね」

「問題は、こちらの部隊をどうやってそこまで到達させるかだ」

「それも考えてあります」マーフィーは、画像を指し示した。「ここで陽動作戦を行ないます。空母の注意を惹くくらい近くで。ここから奇襲部隊が進発し、ブクロンヴィ島の南で湾を横断します。北の中国軍の哨戒を避け、小型の高速艇で突っ切ります。到達できるでしょう」

「二〇〇キロ以上ある」ミンの幕僚が、ベトナム語でいった。マーフィーは、それが通訳されるのを待った。

「確かに遠い」マーフィーは認めた。「しかし、そこから先は簡単です。島に上陸したら、敵はこちらが来るとは夢にも思っていない。港で破壊工作を行ない、大規模攻撃があったように見せかける。ミン将軍のご意見のとおり、給油艦もなんとか破壊します。破壊工作は、それほど大規模でなくてもいい。潜航艇の攻撃のように見せかければいいだけです。中国は、ASW（対潜戦）資産をもっと投入しなければならなくなる。それには、何日も、何週間もかかるでしょう」

対潜戦には、対潜駆逐艦や対潜哨戒機を必要とする。海南島に残された部隊には、二流、三流の防御用資産しか残らない。

マーフィーは、一同を見渡した。熱意を浮かべている顔は、一つもなかった。

それもそのはずだ。任務に成功したとしても、ベトナムは時間を稼げるだけだ——ミン将軍の提案が成功したとしても、せいぜい、三、四週間だろう。それに、事実上、きわめて困難な自殺的任務でもある。

「やってみる価値はあると確信する」ミン将軍が、ようやくそういった。「進めよう」

マーフィーは、意外に思った。だが、口をひらく間もなく、ミン将軍が片手を挙げて、話を続けた。

「この計画には熱心な指揮官が必要だ。立案するだけではなく実行できる指揮官だ。その能力を備えている人間は、一人しか思いつかない。マーフィー少佐、きみだ」


「大統領に提案するのすらごめんこうむる」クリスチャンとマーフィーを従えて、市内に車で戻るときに、ペリーはいった。「ここで米軍を使用しないという立場を大統領が変更したとしても、きみを行かせるわけにはいかない。すこぶる貴重な人材だからな」

「ありがとうございます」マーフィーはいった。「貴重だといってくださったことは感謝しますが、しかし――」

「しかし、なんだ?」

マーフィーは迷っていた。計画を立案した以上、たとえわずかでも成功の見込みがあるなら、それを弁護する義務がある。そして、弁護することは、みずから任務に志願することを意味する。

それだけではなく、考えれば考えるほど、成功させられると思えてきた。海南島に潜入したら、欧米のビジネスマンを装えばいい。経済開発特区の都市部には、そういうビジネスマンがおおぜいいる。中国語ができる人間と、練度の高い兵士数人を用意してもらえれば、攻撃をいかにも本格的らしく見せかけることができる。攻撃はかならずしも成功しなくてもいい——艦隊の遮掩《しゃえん》を潜り抜ける能力を備えている未知の潜航艇がいると思わせるだけで、中国軍は編制を変更し、作戦を再考しなければならなくなる。

いまのマーフィーは、ベトナムに来る前よりもずっと正確に、中国の軍事的思考を見抜けるようになっていた。中国人は戦略の立案に長《た》けていて、大規模な部隊をやすやすと動かすことができる。しかし、当初の計画が崩れたとき、地上部隊は身動きできなくなった。ダムを破壊して中国軍の進軍路を水没させたときが、如実な例だ。米軍であれば、そういう問題に直面したときには、適応し、数時間単位で解決策を見出すだろう。まちがった解決策であるかもしれない——米軍将校の大部分がラオスを目指すという判断を下すことが、机上演習からわかっている。険しい山と高地のジャングルによって、進軍はきわめて厄介になるはずだ——しかし、とにかく手を打つ。中国人はただじっと待つだけだ。

「どうですかね、将軍」クリスチャンがいった。「ズースが危ない目に遭いたいっていうんなら、やらせたらどうですか」

「気をつけろよ、ウィン。さもないと、一緒にいくはめになるぞ」

「わ、わたしは——異存はありませんけど」クリスチャンが、言葉につかえながらいった。

マーフィーは、なんとか笑いを押し殺した。こいつめ。

ペリー将軍が秘密保全措置のほどこされた通信室から、ワシントンDCに連絡しなければならないので、一行は米大使館へ寄った。

「きみらはホテルに戻っていいぞ」車からおりるときに、ペリーがいった。「ズース」

「はい、将軍」

「この案に、わずかでも成功の見込みはあると思うか？」

「将軍、自分で決められるものなら、自分で指揮したいです」マーフィーはいった。「それくらい確信しています」

ペリーが渋い顔をして、車のドアを閉めた。

「なあ、ごますり野郎はどっちだ？」車が大使館のゲートから出るときに、クリスチャンがいった。

「嘘じゃない。本気でそう思っている」

「ああ、そうかい」

「忘れちゃいないか、ウィン。おれは特殊部隊にいたんだ」

「馬鹿こけ。将軍になる早道だと思ったから、あんなふうに断言したんだろう」

「そうさ」

「おい、おれを出し抜こうったって、そうはいかない。おれは実情に詳しいんだ。政治の仕組みを知ってる。やろうと思えば、策略をめぐらすこともできる」

「やれよ」

「ああ、やるさ」

「なにも知らないくせに。工兵少佐だったんだろう。なにをやる気だ？　道路でもこしらえるか？」

「やらなければならないときには、くそったれの道路もこしらえる」クリスチャンがいった。

「参考までにいっておくが、おれの工学の専門は、機械工学——」

「驚いたな。悪態も使えるのか」

「くそったれ」

「その言葉は、そのままお返しするよ」

マーフィーは、前の席の運転手を見た。ベトナム人で、英語はあまりわからないようだ。よかったと、マーフィーは思った。そうでなかったら、幼稚園児の喧嘩《けんか》かと思われていただろう。

17

ワシントンDC

　オーヴァル・オフィスのデスクに向かっていたグリーン大統領が立ちあがり、コーヒーを飲み干すと、急いで廊下に出ていった。シークレット・サービスの警護班と補佐官たちが、あとに続いた。もう一時近い。ハノイのペリー将軍とテレビ電話で話をするために、秘話通信が使える部屋にいなければならない。

　そのあとが、ほんとうのお楽しみだ。グラッソ上院議員などとの昼食会が控えている。ディクソン・シオドア首席補佐官が、階段で待っていた。

「今度はどんな危機を持ってきた、ディクス？」グリーンは訊いた。

「どれをお望みですか？」

「わたしが心配すべきやつは？」

「軽油価格のことで、来週のはじめにトラック運転者組合が、三日間のストを打つと脅しています」

「結構。それで下落するだろう」

「大統領――」

「わたしにはやつらをどうこうできる影響力がない。それに、冗談じゃないぞ――トラック輸送が三日とまれば、需要が減って軽油は安くなる」

「ライバー上院議員から交渉してもらえばいいと思っていました。朝食のときに会う予定ですよ」

「一日のあいだに目にする、唯一の愛嬌がある顔だな。きみはべつとして」

「わたしは愛嬌なんかありませんよ。FRB（米連邦準備制度理事会）が金利を上げます――」

「またか？　こんな不景気に追い討ちをかけるのか。失業率は一六パーセントを超えているぞ！」

「銀行家どもを何人か失業させないといけませんね」シオドアがいった。「そうしたら金利は下がるでしょう」

「ジャブロンスキーにそう教えてやれ。演説でその台詞を使いたいと。ニューヨークのアル・スミスの晩餐《ばんさん》会で」

「大統領は招待されていませんよ」

「招待されるさ。次の問題は」

「どうですかね」その晩餐会は、ニューヨーク市で最大の政治行事で、数日後に迫っていた。

「なんなら賭《か》けてもいい」グリーンはいった。「次の問題は？　ベトナムを支援した場合、弾劾されるという件は？」

「その報告はもうお聞きになりたくないと思っていましたが」

「報告はいらない。名前が知りたい」

「大統領がベトナム支援を要求した場合、議員の半数が弾劾にまわるでしょう。あとの半分は、大統領がなにをやろうが弾劾するつもりでいますよ」

「託してくれてありがたいね」

秘密保全措置をほどこした通信センターに着くまで、軽口を交えたブリーフィングが続いた。ウォルター・ジャクソン国家安全保障問題担当大統領補佐官と、ピーター・フロストCIA長官が、そこで待っていた。

「それで、誰がコーヒーをいれた？」グリーン大統領が、部屋にはいるやいなや訊いた。

「もう用意してあります」ジャクソンがいった。

「中毒になりそうだ」グリーンは、自分で注いだ。

「サンドイッチもありますよ」フロストがいった。

「食べられない。このあと、ライオンの隠れ家で昼食会だ」

「グラッソですか？」フロストが訊いた。

「ほかに誰がいる？」

「ピーター、あんたは刺客を何人も雇っているだろうが」

「その気にさせないでくれよ」

「大統領、ハノイの準備ができています」通信担当が告げた。

「早くやってくれ」

グリーンが椅子を引き出すと同時に、ペリー将軍の顔がモニターに映った。通信の質がいくぶん悪く、将軍の顔に真っ赤なしみがあった。

「今日はどんな調子だったかな、将軍？」グリーンは尋ねた。

「これまでのところは、まあまあです。ベトナムはまだここにあります」

「それは重畳《ちょうじょう》」

「早く救援が得られないと、大統領――」

「努力しているところだ、ハーランド。信じてくれ。ほんとうにがんばっているんだ」

「マーフィー少佐が、大統領の要求したような計画を見つけました」ペリーがいった。大統領が断言したのに、安堵《あんど》の色がまったく見られない。「中国軍上陸部隊がベトナムに上陸する前に牽制的な急襲を行なえば、侵攻を一週間遅らせることができると、少佐は考えています。わたしとしては、少し無理があると申しあげなければならないのですが、大統領」

「たった一週間か？」グリーンは額をさすった。ひどい状況から抜け出す方法を模索しているときに出る癖の一つだった――皮肉なことに、ベトナムの捕虜収容所にいるときについた癖でもある。

「もう少し長いかもしれません」ペリーは認めた。「情報に大きな穴があったと中国側に思わせるための作戦です。あらたな状況が生まれると、中国は用心深く反応するように見受けられます。まだ貯水池の周辺防御を突破してもいません」

「では、聞こうじゃないか」グリーンはいった。

ペリーが手短に説明した。グリーンはそれが気に入った——もともと特殊作戦はたいがい好きなのだ。フロストに向かっていった。

「うまくいくと思うか、ピーター？」

「その……予定どおりにいったとして、中国がそう思いこめば、混乱させることができるでしょう。しかし……それは、給油艦を爆破できればの話です」

フロストは、頭のなかで計算して、口ごもっていた。グリーンはフロストとは長い付き合いなので、そのためらいが読み取れた。計画はかなりよくできているが、完璧とはいえないと思っているのだ。

「給油艦を爆破できれば、いくつも現実的な可能性が生まれます」フロストはいった。今度は言葉が次つぎと出てきた。「なぜなら、空母は燃料の補給を給油艦に頼っているからです。上空掩護《えんご》がなければ、中国軍は侵攻しないでしょう。海南島の航空基地からの掩護だけではなく、もっと大規模な掩護がないと。中国軍はきわめて用心深いですから」

「ベトナムが必要とする奇襲部隊員の数について、マーフィー少佐の意見は？」ジャクソンが質問した。明らかに懐疑的な口調だった。「それから、いつ任務を開始すると考えているのか？」

「もっともなご質問です」ペリーはいった。「マーフィー少佐は、小規模ではあるが練度の高い部隊を推奨しています。ベトナムには特殊作戦を専門とする部隊はありません。工作員や海兵隊員を集めることになりますが、臨時の部隊としてはかなり優秀です」

「給油艦を破壊できるわけがない」ジャクソンがいった。「時間がない。そういうことをやるのに、SEALがどれほど長時間の訓練をやるか、知っているはずだ。第一、SEALはつねに訓練を続けている」

「適切な人材ならできます」フロストはいった。「SEALにもできます」

「トマホーク・ミサイルで給油艦を破壊するのは、どれくらいむずかしい？」グリーンは訊いた。

「児戯にひとしいですよ」ジャクソンが、冷ややかにいった。「そして、中国はわれわれに宣戦布告する。大統領は弾劾される」

「トマホークだとわからなければいい」グリーンはいった。

「簡単に識別できます」ジャクソンが答えた。

「あいにく、ジャクソン補佐官のいうとおりです、大統領」フロストはいった。

「ダムには使いましたよ」ペリーはいった。「中国はまだそれを識別していません」

「ミサイルはダムの底に着弾した」ジャクソンが反論した。「証拠は水没している。給油艦の場合は、そんなごまかしはきかない。いずれにせよ、ばれないのを当てにすることはできない」

「ベトナムが保有しているミサイルは？」グリーンは、ペリーに訊いた。

「きわめて少数です」

「ベトナム人民軍の装備は、キングボルト・ミサイル五、六基です」フロストが説明した。

「ホーチミン市近くの基地で、錆《さ》びているでしょう」

「キングボルト。どういうミサイルだ？　中国製か？」

元海軍パイロットだったグリーンには、聞き覚えのある名称だったが、記憶が定かでなかった。キングボルトは、旧ソ連がドバイほか数カ国に輸出した空中発射ミサイルだった。軍事の薀蓄《うんちく》をひけらかすのが好きなジャクソンが、うれしそうにミサイルの生産国と諸元《しょげん》を詳しく説明した。

弾頭に収められた爆薬の種類に話が及ぶ前に、グリーンはさえぎった。

「ドバイから何発か手に入れるのは簡単だろう」グリーンはいった。「内密に。それをわれわれが発射できないか？」

「海軍と話をしないといけません」ジャクソンがいった。「やるのを承諾するかどうか、わかりませんよ」

「それはなんとかしよう」グリーンはいった。

「マレーシアで使った資産を利用してもいい」フロストが提案した。現地の空軍と多少の結びつきがある傭兵たちのことだった――ＣＩＡが雇っているので、ＣＩＡとの結びつきは深い。

「いいだろう」グリーンはいった。「で、ベトナム側の攻撃に見せかけたとして――そこに航空部隊をくわえ――」

「いうは易《やす》し、行なうは難《かた》しですよ」ジャクソンがいった。「運用できる航空基地は、南部にしかありません」

「ヘリコプターから発射したら」フロストがいった。

「うまくいかないだろう」

「うまくいく必要はない」グリーンはいった。「成功しそうに見えるだけでいい」

「どうですかね、大統領。埒《らち》を越えそうですよ」

「埒なんかどうでもいい」

「このあとの昼食会で、ベトナムを空から支援するといったら、上院議員たちはどうしますかね？」

「いわないつもりだ。それに、これまでにやったことにくらべれば、たいしたことはない」

「反対したくはないです」ジャクソンがいった。

「では、反対するな」

「ペリー将軍を派遣するのも、埒を越えていますよ」

「埒のことはあとで心配する」グリーンはいった。「どうせ政治だけだ」

「大統領、承知しておいていただきたいことが、ほかに一つだけあります」ペリーが、口を挟んだ。「ベトナム軍は——これを進めるために、マーフィー少佐が指揮をとるよう求めています」

「わたしが選んだとしても、彼以上の適任者はいない」グリーンはいった。

18　ハノイ

　ハノイ駅は、兵士に警備されていた。景《ジン》はゆっくりと前を通過して、通りの先でスクーターをとめた。

　フイン・ボーが、景の腰にまわした手に力をこめた。「一緒に行く」とささやいた。

「危険すぎる」景は、ボーの手をこじり取って、スクーターをおりた。

「密告するわよ」

「そんなことは、絶対にしないはずだ」景はボーに軽く触れてから、駅に向けて歩いていった。ふりかえるまいと、心を鬼にした。

　禅寺を去らなければならなくなったときと、おなじ気持ちだった。足が重かった。

　兵士たちの前を通るとき、景は顔を伏せていた。一人か二人がちらりと見てから、無視した。どうでもいい人間だと思ったのだ。

　街のほかの地域とおなじように、灯火管制のために駅構内のおもな明かりは消してあった。待合室のまんなか近くに、小さな石油ランプが二つ置いてあった。灯火管制は、理屈のうえでは爆撃機に対する備えだが、中国軍の使用する兵器にとってはなんの障害にもならなかった。北と東からあらたな火の手が迫っていることが、それを実証している。だが、明かりを消すのは、効果が薄くても目に見える対策だ。市民がみずから防御に参加していることを意味し、ほかのことはともかく、士気にとっては重要だった。

待合室の奥の隅にあるデスク近くに、景の三倍ぐらいの齢《とし》の男が立っていた。まるで気をつけをしているみたいに、しゃちほこばっている。待合室にはほかに、椅子にだらしなくのびて、いびきをかいている男が、二人いるだけだった。プラスティックの椅子はベッドとしては硬いが、その二人は、周囲でなにが起きているかもわからないように顔を覆っていた。

「ホーチミン市行きの夜行寝台列車を予約したい」景は、駅員にいった。

「列車は五時に運行を停止しました。軍が徴発したんです。すみません」

景はうなずいた。ふりむいて出ていこうとすると、ボーが目の前にいたのでびっくりした。

ボーが、景のそばをすり抜けた。

「なにか方法はないの？」ボーは駅員に尋ねた。「母が向こうに一人でいるの。わたしたち、母のことが心配なのよ」

「わたしにはなにもできません。ごめんなさい」

「なにもない？」

ボーの悲しげな声には説得力があり、景にも演技なのかどうなのかわからないほどだった。

「バスはどうかな」駅員がいった。「まだ走っていますよ」

「何時に出るの？」

「五時」

景はボーを駅に残したまま、足早に外に出て、道路を歩いていった。なんとかして離れないといけない。あとは車を盗めばいいだけだ。

「とまれ」一人の兵士が、行く手をさえぎった。

合点がいかないまま、景は立ちどまった。

「どうして出歩いている？」兵士が詰問した。

「列車に乗ろうと思って」

「書類を出せ」兵士が要求した。

景はポケットに手を入れた。兵士がただ横暴なのか、それとも怪しむ理由があるのか、見当がつかなかった。

兵士の手から銃を奪うのは、いとも簡単にできる。しかし、周囲に十数人いる。ほとんどを殺して逃げることはできるだろうか？

それに、ボーはどうする？

兵士が書類をひったくった。「どの部隊に属している？」

「軍隊にははいっていない。障害がある」

「目は不自由ではない」

「心臓が悪い」

兵士が、険悪な形相になった。

「どうしたの？」ボーが駆け寄ってきて尋ねた。「バスが出る場所がわかったわよ」

「おまえは誰だ？」兵士が訊いた。

「この人の妻です。サイゴンに行けると思って――」

「ホーチミン市と呼ばれている。おまえたちが生まれる前から」兵士が吐き捨てるようにいった。

「母があちらにいるの」

「それなら分別を働かせろ。正式な名称で呼べ」

「列車がいつ運行されるようになるか、知っていますか？」ボーは訊いた。「母のところへ行かないと」

「誰も移動してはならん。おまえは中国人が怖いのか？」

「怖いわけがないでしょう」

「亭主は怖いようだ」兵士は景に書類をほうり投げ、手をふって斥《しりぞ》けた。

「あんなことをしたらだめだ」スクーターに戻ると、景はいった。兵士たちに見られているのを意識し、小声でしゃべっていた。

「あなたにはわたしが必要ね」と、フイン・ボーがいった。

　ボーのスクーターは小さかった。タンクには十数リットルしかはいらない。一リットルで四〇キロメートル以上走るが、それでもホーチミン市には行き着けない。

だが、それが最善の選択肢だった。景は、サイホンに使えるプラスティックのホースを用意した。ガソリンスタンドが見つからないときには、それを使ってガソリンを盗む。駅から少し離れたところで、ペットボトルを二本見つけ、それにも予備の燃料を入れることにした。ボーを置き去りにすることも考えた。無理におろして、そのまま走り去ればいい。だが、できなかった。実利的な理由がいくつもあった——兵士や役人を相手にするときに役に立つことが、すでに実証されている——だが、ほんとうの理由は、ボーへの愛だった。ボーと別れたくなかった。失いたくなかった。

とはいえ、どこかの時点で別れるしかない。ボーを連れていけば、さらなる危険にさらすことになる。これまでよりもずっと危険だ。一緒にいるときに捕まったら、ボーはまちがいなくスパイとして絞首刑になる。

「長い道のりだ」幹線道路に近づくと、景はいった。「かなり時間がかかる。それに、苦しい旅になる」

「一緒にいられるわ」ボーがきっぱりといい、両腕で景の胸を力強く抱いた。

夜気がしだいに湿りはじめ、闇が湿気と混じり合った。厚くなる雲の蔭に、星が隠れた。一時間近く走ったところで、最初の軍の検問所に行き当たった。道路をさえぎっているトラックに気づくのが遅れ、Uターンをすれば怪しまれるところまで近づいていた。トラックは中国製の兵員輸送車で、最初はその角ばったシルエットを見て、景はとまどった。一瞬、中国の地上部隊と出くわしたのかと思った。任務の秘密を完全に守るようにという命令を受けてはいたが、ただちに上官のところへ案内するよう命じようと決断した。南に運んでもらうよう頼めばいい。だが、兵士の姿を見たとたんに、思いちがいだと気づいた。ベトナム人民軍だ。中国軍の進撃を食い止めるために、カムトゥイへ通じる道路を封鎖しているのだ。

景はアクセルをゆるめて、ほとんどアイドリングの状態にすると、兵士たちの前で停止した。兵士たちが神経を尖らせているのが見てとれた。道路に三人出ていて、あとは付近に配置されている。景は自分の軍隊での経験から、退屈して神経質になっている兵士が、急に興奮するような出来事が起きたときに、さまざまなことをやりかねないのを知っていた。なんの罪もない一般市民を殺すこともある。

「どうしてこの道路を走っている?」一人の兵士が詰問した。「母を助けにいくんです」景のうしろから、ボーがいった。「年寄りで、わたしたちが助けてあげないといけないの」

「おまえと話はしていない」

「ほんとうです」景はいった。なまりが不自然に思われないように、ごまかすために咳をした。

「母親はどこにいる?」

「サイゴンです」ボーは答えた。

「サイゴン?」

「サイゴンのどこだ?」べつの兵士が質問した。「女じゃなくて、おまえが答えろ」

景は、前に来たときに泊まった街の南端の区を挙げた。特定の場所にあるレストランのことを、兵士が訊いた。その店は知らないが、そういう住所はないと思うと、景は答えた。べつの区ではありませんか――小さな区の境から番地が始まっているサイゴンでは、よくあるまちがいですよ。

それを聞いて、兵士は態度をやわらげた。「向こうへ行ったら探すといい。いい店だよ」

「そうします」

「敵は前線を突破したんですか？」ボーは訊いた。「わたしたちはサイゴンまで行けるかしら？」

「訊かれたからいうが、南へは行かないほうがいい」最初に質問した兵士がいった。「どこから来た？」

「ハノイです」ボーは答えた。

「夜は走らないほうがいい」レストランについて質問した兵士がいった。「中国軍が飛行機を飛ばして、道路を走っているものをなんでも攻撃する。民間人だろうが軍隊だろうがおかまいなしに」

「あなたがたも危険ですね」ボーはいった。

「危険を冒すのが、われわれの仕事だ」最初の兵士がいった。「それに、中国人なんか怖くない」

「早く現われればいい。顔をぶち抜いてやる」三人目が、はじめて口をひらいた。

「近くまで来ているのかしら？」ボーは訊いた。

「飛行機だけだ」最初の兵士が答えた。「中国軍は貯水池で足止めを食らってる。じきに中国へ逃げ帰るだろう。やつらは負け犬だ。われわれがいつだって叩きのめしてきた。古代からずっと」

「南へ行く安全な道路は？」景は訊いた。「行かなければならないとしたら」

「ホーチミン街道だけだ」三人目の兵士が教えた。「そこしかない」

「軍の専用道路だ」最初の兵士がいった。「民間人は通行できない。それに、避けたほうがいい——中国軍が爆撃するだろう」

「そこを走れるかしら」ボーが、レストランのことを訊いた兵士に向かっていった。「そこを通るのが、いちばん早いんでしょう？」

「どうしてそいつと話をするんだ？　通行できないといっただろうが」最初の兵士が、わめく寸前の声でいった。景はそういう男をよく見てきた——心が狭く、不意にちっぽけな権威を与えられると、自分の地位を少しでも脅かそうとするものに激しい不安をおぼえるのだ。

「ホーチミン街道は避けたほうがよさそうだ」景はそういってから、咳きこんだ。

「行け」兵士が手をふった。「われわれが警告したことを忘れるな」

　二人は都市を避けた。都市周辺にパトロールがいることを、景は恐れていた。その地域は、最近ジャングルを切り拓いたばかりで、道路は状態が悪く、曲がりくねっていた。古い山道が新しい農場を結び、沼地を避け、突然急な坂になっていた。

一五キロメートル南下するのに、三十分近くかかった。道路が曲がっていて、何度もカーブをまわったために、景の方向感覚は狂っていた。西にある街寄りを走るトラックの音や暗いライトの光をときおり捉えて、方角を知る手がかりにした。

そのうちに、カムトゥイ付近の人口密集地を通らざるをえないことがわかった。しかも、そうするには、軍が通行を禁じていてもいなくても、ホーチミン街道を通るしかない。カムトゥイの街にはいると、タンクが半分空になっているのに気づき、車が数台駐まっているブロックを見つけて、ガソリンを盗んだ。

フイン・ボーは、その後も景が望んでいた以上に役立った。車のタンクに差しこんだホースを支え、誰かが近づく物音を聞きつけると、さっとホースを抜いて、なにごともなかったかのようにスクーターにまたがる。ボーは立派なゲリラになれると保証してもいいくらいだった。

カムトゥイも灯火管制が敷かれていて、厳密には外出禁止令下にあるはずだった。しかし、商業地区の目抜き通りには人だかりができていた。舗道にたむろして、戦争や、いつまで安全だろうかということについて、話をしている――とにかく景はそういうふうに憶測した。マー川に架かる橋のたもとに戦車数両が駐まっていたが、景のスクーターが渡るときも、事実上そこがホーチミン街道なのに、兵士たちは制止しようとしなかった。バイク二台と小型車一台が、対向車線を渡ってきた。

カムトゥイの南の郊外では、もっと車の往来が多かった。一台のメルセデスに追い抜かれ、かなり近くを通ったために、風に押されて溝に落ちそうになった。

まもなく古いソ連製の軍用ジープが二台、対向車線を突っ走ってきた。後続の車両がやってくる前兆だと、景は判断した。街道と並行している脇道を見つけて、本道をそれ、そこにはいった。だが、四〇〇メートルほど進むと、その道は街道に合流した。そのまま走りつづけるほかはなかった。

小型トラックがさらに二台現われた。景のスクーターとの距離が短くなると、トラックは速度を落とした。一台が、運転席側の小さなサーチライトを点けた。景は顔を伏せてアクセルを吹かし、小さなスクーターを加速させようとした。すれちがうとき、銃撃されるのではないかと思って景は緊張したが、誰も発砲せず、トラックもとまらなかった。

やがて、上り坂になりはじめ、ゆるやかなカーブを抜けていった。カーブをまわるとき、前方を移動している車列の影がちらりと見えた。

道路を建設するときに砂利を採取したとおぼしい大きな穴が、横手にあった。景はそこにスクーターを入れ、急斜面をななめに下って、そこの暗がりに隠れようとした。だが、穴の手前で、叢《くさむら》に隠れた岩にスクーターがぶつかり、景とボーは投げ出された。

景は反射的に動いた。思考と行動、肉体と意識が、完璧に組み合わさって反応する域に達した。体が宙を舞うのを感じると、どうするかを考えたりするような準備もなしに、肘を動かし、肩をすぼめて、地面に転がった。でこぼこの砂利の地面にぶつかったが、そういう着地は何度となく経験している。勢いを利用して、そのまま起きあがった。スクーターに駆け寄り、エンジンを切ってから、ボーを探した。

ボーは地べたで丸まっていた。車列が近づいてきた。景がボーを抱きあげて、暗がりに向けて走り、低木の藪《やぶ》にはいったところで、車列が近づいていた。景はボーを両腕で抱き、頭と上半身を膝のあいだに挟んでいた。大人の女なのに、ひどく小さく、華奢に思えた。

「フイン・ボー？」景はそっといった。「ボー？」

ボーは答えなかった。景は息を吸い、ボーの死に身構えた。

人がどういう宇宙観を持っていても――天国と地獄がある場所だとか、なにもない原子の共同体だとか思っていても――死を受け入れるのは容易ではない。この世よりもいいところへ行くのだという勇ましい言葉は、景には無意味だったし、あれほどの修行を積んでも、ボーの死への慰めにはならなかった。

景は覚悟を決めた。

だが、そのときボーが身動きした。生きている。

景は自分がまとった鋼鉄の鎧《よろい》を脱ぎ捨てた。「シーッ」ささやいた。「すぐによくなる」

闇のなかでボーが景に顔を向けて、目をあけた。「そうね」

「どこが痛む？」

「頭」

「腕は動かせるか？　用心して」景はつけくわえた。「軍の車列が道路を近づいてくる」

どこも骨折していないことをボーが示すとすぐに、景は膝からおろして、地面にそっと横たえ、動かないようにと命じた。

「車列が見たい。どういう車両なのか」景はささやいた。這《は》って離れてゆき、道路が見える十数メートル先へ慎重に移動した。

トラックだけではなく、戦車もいた。道路のなめらかな舗装面を嚙《か》む、特徴のある音で聞き分けられる。戦車はT-55だった。マレーシアで活動していたときに聞きなれた甲高いエンジン音を知っていなくても、シルエットと主砲の長い砲身で見分けられる。

狭くるしい車内から逃れるために、乗員たちはハッチをあけて戦車を走らせていた。二十両を数えたところで、戦車の車列はとぎれ、次は車体の低い指揮車が続いていた。楔《くさび》のような鋭角の車首からして、おそらくBTR-40だろう。ベトナム軍はこの老朽化した斥候車を、さまざまな用途に使用している。

そのあとは第二波の戦車の車列で、くだんの戦車部隊よりも大規模だった。一列ではなく二列縦隊を組んでいる。ほとんどはさっきとおなじT-55だったが、ソ連製のT-54を中国がライセンス生産したT-59型主力戦車も混じっていた。この車列は三十二両から成っていた。

続いて補給車両と、牽引式の野戦砲が通過した。目の前の車列は、三種類もしくは四種類の兵科のさまざまな部隊の混成だと、景は結論を下した。おそらく歩兵師団から引き抜いた戦車大隊だろう。さきほどの兵士が話していた貯水池で足止めを食っている中国軍の進軍を脅かす。阻止するために、増援として北へ急行しているのだ。この情報を衛星携帯電話で警告しようかとも考えたが、そんな行為は愚かだと気づいた。中国空軍が衛星や無人機でまちがいなく監視しているはずだ。それに、任務の秘密を完全に守る必要がある。電話の使用は、それを脅かす。

景は、ボーのもとに這い戻った。ボーは起きあがり、膝を胸に引きつけて座っていた。

「スクーターはだいじょうぶ?」ボーが訊いた。

「これから調べる。また車列が来るかもしれない」景はいった。「どんな部隊でも、遅れるやつがいる」

「どこの軍隊でも」

「万国共通だ」

景はボーのそばにひざまずき、頭に傷がないか、調べようとした。景の意図を誤解したボーが、顔を向けてキスをした。景は離れようとしたが、ボーが唇を押しつけてきたので、抵抗をやめた。ボーが両腕をひろげて、二人は抱き合った。藪の上から姿が見えるのではないかと心配になって、景は右に体を傾け、ボーと一緒にそっと地面に横たわった。

三十分ほど、そのままでいた。遅れてやってきた数台は、すべて兵員輸送車だった。

景はようやく決意を取り戻して、膝立ちした。ボーがすがりついた。

「スクーターを調べないと」景はボーにいった。「ここにいるわけにはいかない」

エンジンはすぐにかかった。砂利の穴から出ようとしたときにはじめて、前輪がひどく曲がっているのに気づいた。スクーターが激しく跳ね、車輪が震動した。

二人は一緒にそれを直した。ボーが大きな石を見つけてきて、スクーターを固定するのを手伝い、ボーが足で踏んで、ハブをまっすぐにした。

まだ多少曲がっていた。道路に出ると、スクーターは右に曲がりそうになった。それでも歩くよりはましだし、時速五〇キロメートル程度で走れば、さほど力をこめなくても安定させることができた。

ホーチミン街道を、ほぼ一時間走りつづけた。タイホアに近づくと、地方道にそれた。検問所には二度出くわした。最初の検問所では、退屈したベトナム人民軍の軍曹が、書類をろくに見もせずに手をふって二人を通した。しかし、もう一カ所の兵士たちは、外出禁止令が厳格に施行されていると告げた。留置場に入れると脅され、ボーがめそめそ泣き出した。兵士たちは折れたが、他のパトロールはもっと厳しいから、遅かれ早かれ逮捕されると注意し、夜明けまでどこかに泊まるようにといい渡した。

その助言を受け入れるべきかもしれないと景が考えていると、遠くから甲高い口笛のような音が聞こえた。

景は片手を胸にまわされているボーの手にかぶせ、ぎゅっと握り締めた。次の瞬間、落雷で木が引き裂かれるような鈍い衝撃が、一五ないし二〇キロメートル離れたところから伝わってきた。

はるか前方で、白光がひらめいた。まるで遠くの船の信号探照灯のように、まばゆい光をさえぎるシャッターが閉じたりあいたりしているように見えた。

やがて、爆発音が聞こえた。

そこでようやく、空襲警報のサイレンが鳴り出した。対空火器が、曳光弾《えいこうだん》の条《すじ》を空に吐き出しはじめた。十数種類のさまざまな震動が地面をゆさぶり、発射された砲弾が空でパッパッと炸裂《さくれつ》する。探照灯が雲を照らし出す。景は、遠いジェット機の爆音を聞いた。

ホーチミン街道に向けてななめに進んでいた。街道に出るまで数分かかった。その直前に、自分のほうへ落ちてくる爆弾の悲鳴を聞いた。

いや、それは気のせいだったかもしれない。ほんとうに聞いていたら、爆発で吹き飛ばされていたはずだ、と景はあとで思った。吹き飛ばされることはなく、土埃をかぶって、ひどく動揺しただけだ。地面が激しく揺れて、倒れそうになったが、すさまじい音と混乱した状況のために、着弾が近かったのかどうかは判断できなかった。

ボーが、景の胸にまわした手に力をこめた。

「しっかりつかまれ」景はアクセルをふかした。「空襲が続いているあいだに、できるかぎり南下しないと」

19

ベトナム、タイホア付近

マーラがタイホアの周辺部を通過したとき、デビアスが電話をかけてきて、空襲が始まると警告した。マーラは町の南の高台へ車を走らせ、そこでとめて、全員におりるよう指示した。接近している中国軍機に兵士だと誤認されるのを恐れたのだ。

空襲は、すさまじい爆発から始まった。航空機に先んじて、巡航ミサイル五、六発が撃ちこまれた。最初は、町の南にある、ホーチミン街道沿いのベトナム軍師団司令部を狙っているように思われた。しかし、ほどなく非誘導の爆弾が大きな半円を描いて、投下され、住宅地を呑みこんだ。第三波の巡航ミサイルの一部は、非軍事目標に撃ちこまれ、街道の東側の建物に着弾して、商業地区は赤と黒のすさまじいキノコ雲に覆われた。

「ガソリンタンクに当たった」カーファーがいった。「中国軍の攻撃は情け容赦がないな」

「容赦するとは思っていなかった」マーラはいった。

「やつらのことを、よく知っているのか？」

「中国の奇襲隊員とマレーシアで戦った。胸くその悪いやつらよ」

カーファーが黙りこんだ。こちらを見くびっていたことを謝っているつもりかもしれないと、マーラは思った。

いや、ちがうかもしれない。どんなことであろうと、これっぽっちも謝ったりしない男だ。

「車をすっ飛ばすにはうってつけだな」爆撃機が飛び去ると、カーファーはいった。「みんな身を縮めてる」

「神経質にもなっている」

「それはいつだっておなじだ」

マーラは、数秒のあいだ観察していた。遠くで火災が起き、生き埋めになった男の指が、墓場から突き出されて、空をまさぐっているような形に見える。

「列車であんなふうに撃ち殺さなければよかったのにと思う」マーラは、カーファーに向かっていった。

「そうしなければ、おれたちはいまごろは死んでいた」車にひきかえしながら、カーファーは答えた。


南下を強行するあいだ、マーラはきいきい声に運転を任せた。パトロールはまったく行なわれていないようだった。デビアスは最新情報を伝えるのには慎重で、事細かな状況は教えたがらなかった。むろん、それが当然なのだ。マーラが捕らえられた場合、デビアスが伝えたことはすべて聞き出されると判断しなければならない。アメリカ側がなにをいつ知ったかということがわかると、情報収集の手段について多くのことがばれてしまう。

ジョシュは、マーラと並んで、座席のまんなかで眠っていた。意味不明のことを鼻歌のような声でつぶやき、歯を食いしばっている。

悪夢を見ているのだろう。中国軍の前線の後背で見聞きしたことが、夢に出てくるにちがいない。

ジョシュは、マーラにその話をほとんどしていなかった。村人全員が、畑に埋められた。雨のあと、一本の腕が地面から突き出した。仲間の科学者たちは、眠っているときに殺された。傷ついてベッドの下に這いこみ、そのまま放置されて死んだ子供の死体があった。人形を抱いていた。

衛星携帯電話が鳴った。デビアスが最新情報を伝えようとしている。

「やあ、ダーリン、元気か？」

「絶好調よ、ミリオン・ダラー・マン」マーラは答えた。「ヘルニアのぐあいはどう？」

「ひどい苦しみだ。時間的にはあまりかんばしくないぞ」

「戦争中の国を走っているのよ」マーラはいった。「ストップウォッチで計っているとは知らなかった」

「よく聞け、中国海軍が沖に艦隊を集結させている。海南島の南だ。トラブルが起きかけている」

「前にもそういったじゃない」

「こんどのはでかいトラブルだ。上陸部隊が準備しているらしい」

「侵攻はいつ？」

「わからない。しかし、早く帰ってきてほしい。それ行け」デビアスが、チアリーダーの口調に切り換えた。「ペースをあげろ。フエの南へ行ったら、もう自由に進める。サイゴンに飛行機を用意しておく」

「もっと近くにわたしたちの行ける飛行場があるはずでしょう」マーラはいった。「どうにかしてよ」

「ダーリン、努力しているんだ。しかし、代案というのが、カンボジア近くに軽飛行機を迎えにやるというものでね。そのほうがもっと危険だ。中国は制空権を握っている。わかっていると思うが」

「しかも、パイロットはアル中」

「おおいにありうる」

それは、あるエピソードから生まれた、二人だけにわかる内輪のジョークだった。デビアスは、自分の飛行機によるきわどい脱出劇の一例として、よくその話をする。パイロットが泥酔していたため、飛行中にデビアスが操縦をかわらなければならなかったというのだ。むろんデビアスは飛行機の操縦などできないから、どうにか正しい針路を維持するのが精いっぱいだった。着陸する予定の飛行場の十分手前で、奇跡的にパイロットが意識を取り戻し、難なく着陸させた。デビアスの話はどれもかなり怪しげで、これもその一つだが、いかにも楽しそうに語られるので事実だと認めてやってもいい。

「フエの南でトラブルに巻きこまれたら、ベトナム側に支援を頼むことを考える。サイゴンに近づけば、それだけ中国は干渉しづらいはずだ」

「現時点でベトナム側に支援を求めるのは、いい考えではないと思う」マーラはいった。

「理由は？」

「ハノイよりもサイゴンのほうが、中国のスパイが多い」

「まあそうだろう。ほかになにがあった？」デビアスの声が、いくぶん刺々《とげとげ》しくなっていた。

「列車でちょっとしたトラブルがあったの」マーラは打ち明けることにした。「ベトナム側と」

「どういうトラブル？」

「連中が死ぬようなやつ」

「悪いトラブルみたいだな」デビアスがいった。

「いいトラブルなんて聞いたことがない」

「まあ」デビアスが、間を置いた。一部始終を訊こうかと迷っていることが、マーラにはわかった。「オムレツをこしらえるには、卵を割るしかない」

「それよ」

「ベトナム側に相談するのはやめよう」

「そうして」

「とにかくどんどん進め。ダムでは総崩れが始まっているぞ」

20

ワシントンDC

グリーン大統領にとってほんとうに腹立たしいのは、ホワイトハウスの晩餐室に招いた上院議員が全員、自分の党の党員であることだった。一人残らず、去年の十一月に舞台に登り、永久の支持を誓った者ばかりだ。一月の就任式では、その上院議員たちが真っ先に起立し、拍手を贈っていた。

そして、その翌日には、次つぎと要求を出してきた。

その上院議員たちから、ベトナム支援について賛成票は一票も得られなかった。ライバーは味方につけられるかもしれない。その可能性はある。しかし、コネティカット州選出のライバー上院議員は、いささかしおれているように見える。グリーンの好きな酋長ジェロニモの絵が飾られた、テーブルのいちばん遠い窓ぎわの席で、背中を丸めてスープを食べている。食事中、ひとことかふたことといっただけだ。

「それで、こうして集まったのには、理由があるようですね、大統領」グリーンが指定した右側の席から、フィリップ・グラッソがいった。「中国に圧力をかけろとおっしゃるのでしょう」

「そのとおりだ。中国に圧力をかけてほしい」グリーンはいった。

「ふたたび中国の世界支配が始まるというわけですな」グラッソが首をめぐらし、ほかの上院議員たちにウィンクした。

「中国の脅威を見くびらないほうがいいと思うが」グリーンはいった。

「中国のことは、真剣に考えていますよ」グラッソが応じた。「ただ、中国と戦争すべきではないと思っているだけです」

「いまわれわれが立ちあがって対抗しなかったら、いずれ中国と戦争をすることになる」グリーンは、きっぱりといった。「だからこそ、ベトナムを支援したいのだ」

「武器は送れませんよ」ルーズベルト上院議員がいった。苗字はおなじでも、歴代大統領二人と血のつながりはなく、性格も似ていない。「国民は敵対行為と見なすでしょう」

「ベトナムに侵攻するのは、敵対行為ではないというのか?」グリーンは、啞然《あぜん》としてそういった。

全員が、さらに視線を落とした。グリーンは一つ息を吸い、落ち着こうとした。

「適切な手続きは」ライバーが口を切った。「国連に訴えて制裁決議を得ることでしょう。有志連合を集めます。湾岸戦争でジョージ・H・W・ブッシュ大統領がやったように。父親のブッシュのほうが」と、つけくわえた。

「誰も国連など気にしていない」グラッソがいった。「それに、決議は得られないでしょう。率直にいって、わたしも制裁決議には反対です。中国はアメリカの最大の貿易相手国ですからね」

上院軍事委員会の委員長でもあるグラッソが、中国に対して強硬な姿勢をとらなかったら、軍事委員会では誰も強硬意見を出さないだろう。誰一人として、そういう議員はいないはずだ。

グラッソは、世論がどっちに向かっているかを見きわめるたぐいの人間だった。小規模な家族経営の会社で働いていた機械工で、テレビでは〝ほんもののブルーカラー〟だといわれる。政治の世界に迷いこんだのは、グラッソの家の裏庭を州がハイウェイを拡張するために買収しようとしたことがきっかけだった。それで町会議員になり、郡の党委員長になり、やがて下院議員を経て、ニューヨーク州でほんものの実力者になった。グラッソは二大政党のどちらにも多数のコネがあり、彼に政治資金を寄付している人間は膨大な数にのぼる。

その多くは、まちがいなく中国と関係がある。

グリーンは、グラッソをなんとか説得しなければならなかった。

「わたしは制裁に賛成だ」グリーンはいった。「国連で直接、圧力をかける。大きな問題にする」

「ベトナムが始めたことなのに、どうして問題にできますか？」ジェニファー・クラフト上院議員がいった。クラフトはウィスコンシン州選出の若手議員で、グリーンが賛成票を期待できる。

「ベトナムが戦争を始めたのではないかもしれない」グリーンはいった。「その場合、きみの反応は?」

「その場合、そうでないという、確かな証拠が必要です」グラッソがいった。「中国の衛星画像も見た。みんな、中国の発表した映像を見ていますよ」

「嘘をついているという証拠がありますか?」

「わたしが証拠をつかんでいるとしたら、意見を変えてくれるか?」グリーンは訊いた。

「そうしたら考えます」グラッソは、そういい逃れた。「証拠はあるのですか?」

グリーンは証拠をつかんでいる――ジョシュ・マッカーサーと、マッカーサーが見つけた生き残りの女の子。だが、それをいま政権外部に漏らすつもりはなかった。政権上層部でも、知るものは少ない。問題は、ここでひとことでもいえば、その情報が漏れて、中国がそれを打ち消す方策を講じてしまうということだ。

「われわれは状況を精査している」グリーンはそう答えた。

「〝精査〟とはなんですか?」クラフトが質問した。

「情報を検討している。証拠をつかんだとしたら――そのあとは?」

「国連を納得させ、まず制裁決議から始めます」クラフトが提案した。「そうすれば、大統領は一定の賛成が得られるでしょう」

〝大統領は〟――〝アメリカは〟ではなく。グリーンは内心、憤激していた。国連などたいして役に立たない。いや、まったく無用だ。

しかし、アメリカ国民の支援なくして、戦争を始めるわけにはいかない。国民の選んだ議員の賛成が必要だ。

「わたしは国連で発言する」グリーンはいった。「そう思っていてもらいたい」一同を見まわした。「誰か、胡椒《こしょう》を渡してくれないか。このチキンはちょっと薄味だな」

21

ベトナム　ヴィン付近

景悠《ジン・ヨウ》はガソリンを盗むために、スクーターをとめた。今回は道路からさほど遠くない農場に目をつけた。フイン・ボーは景の背中にもたれて眠っていて、スクーターをとめるときに落ちそうになった。景はスクーターとボーを道路のそばに残して、一人で偵察に出かけた。

数年前は、ここはベトナムでも裕福な農家の一つだっただろう。農地は数エーカーの広さで、建物も何棟もある。いまはもう裕福な農家はめずらしくない。トラクターが一台に、車かバイクが一台はあるはずだと思ったが、見当たらなかった。道路寄りに納屋がふた棟あった。どちらにも車はない。いっぽうに小さな燃料容器があったが、臭いを嗅ぐと灯油か軽油のようだった。粘度が高いから、ガソリンではない。

小さな家二軒の裏手に通じている小径を見つけた。手前の家に近づいたとき、雨が降り出した。小さな雨粒が最初は心地よかったが、じきにどんどん激しく降りはじめ、視界もきかなくなった。

家の横の窪地《くぼち》に、トラクターが置いてあった。バイクがそれにもたせかけてある。景はバイクの燃料タンクのキャップをはずした。縁までいっぱいにはいっている。間に合わせの予備タンクにホースを入れたところで、名案が浮かんだ。バイクを押して、家から離れ、ボーがいるはずのところへ引き返した。

ボーもスクーターも見えなかった。景は胸に穴があいたような心地で佇《たたず》み、ゆっくりと向きを変えて、ボーを探した。

ボーがいなくなったほうが、いいのかもしれない、と思った。

「ここよ」ボーがささやいた。景の動悸が激しくなった。

「道路の向かい」ボーはつけくわえた。「見られるといけないと思って」

スクーターを押して、隠れていた藪の蔭から出てきた。

「もう一台見つけたの？」

「ガソリンを抜くためだ」景はバイクを盗もうかと思っていたのだが、思い直した。ボーと別れたくない。

いまはまだ。

二人はホースをタンクに差しこみ、二台の高さの差を利用して、ガソリンを移した。斜面になっていて、バイクが満タンだったので、簡単だった。

「腹は減ったか？」それが終わると、景は尋ねた。

「どうして？　食べ物があるの？」

「家がある。なにかあるはずだ」

「人民から食べ物を奪ってはだめよ」フイン・ボーがいった。「食べるものが乏しいのかもしれない」

「金持ちの農家だ」景はいった。「これだけの規模の農家なら、中国ではかなり暮らし向きがいい。旱魃《かんばつ》さえなければ」

「盗みをそうやって正当化するの？」

景は答えなかった。バイクを押してもとの場所に戻した。トラクターにもたせかけたとき、衛星携帯電話が鳴った。

「ＣＩＡの使っている周波数を探知した」聞き覚えのない声だった。「ここ数時間に三回の通話があり、ほぼ南へ移動している。最後は十五分前で、ヴィン近辺だった。この二日間、ほかにアメリカのスパイからの発信はない」

「方角を教えてくれ」景はいった。

最後の信号は、わずか三〇キロメートル離れたところから発信されていた。景はあらためて気を引き締めて、スクーターを走らせた。なんでもないのかもしれない——信号だけではなにもわからないし、情報提供者も見込みがあるとはいわなかった——しかし、獲物の足跡を見つけたと、景は確信していた。それも間近にいる。

雨が降りつづいていた。スクーターの小さな車輪が路面でスリップし、時速四〇キロメートルに減速しなければならなかった。たいへんな忍耐を必要とした。

何日も続けて本堂の外で座禅を組み、兄弟子が来るのを待つことで、景は忍耐を養っていた。修行のこの段階で、兄弟子は意表をつくことをやる。朝の勤行の前に来ることもあれば、夜が更《ふ》けるまで来ないこともある。すべて故意にそうしたのだ——行動したくてたまらないという景の弱みが、見抜かれていた。それを禅師たちは性急さという悪癖だと見なしていた。鍛錬しないと、その性向が慎重な思考をしのいでしまう。そこで兄弟子たちは、まず忍耐を叩きこむことと、武術の肉体的な技倆を仕込むことで、それを抑えるすべを教えた。

雨が激しくなり、前方の見通しがきかなくなって、曲がらなければならない角を通り過ぎそうになった。景のブレーキのかけかたが急すぎて、スクーターが左に横滑りを始めた。景はブレーキをゆるめ、体重を移動した。反射的な動きだった。ボーに注意する前に、バランスを取り戻していた。しかし、物思いにふけってはいけないということを警告する出来事だった。自分のやっていることに、もっと神経を集中しなければならない。

三キロメートルほど行くと、トラックが道をふさいでいた。景はブレーキが車輪をそっと押さえるような感じにして、ゆっくりと速度を落とした。民間のトラックが、車首を南に向けて、ななめにとまっていた。近づくと、左の路肩を抜けられるとわかった。そこを通過するとき、トラックの蔭から男が二人出てきた。銃を持っている。景はハンドルバーに伏せて加速し、突破しようとした。

一人が飛びかかってきた。ボーにその男がぶつかり、スクーターの向きが変わって横滑りした。

景はスクーターから落ちて、舗装面を転がり、路肩を越えて溝に落ちた。雨のなか、真っ暗闇で一瞬なにも見えなくなり、方向感覚が狂った。

　不意を打たれたボーもスクーターから落ちて、道端に倒れた。

「スクーターをもらうぜ！」一人がどなった。「金もよこせ」

「こいつは女だ」スクーターに飛びついた男がいった。「女も連れていこう」

「二人とも女にちげえねえ。その女をトラックに乗せろ。おれはもう一人を連れてくる」

　景はよろよろと立ちあがった。

「早く来な。手間を取らせるんじゃねえ」暗いので景がいるところがわからず、男はいった。

「命は助けてやる。ありがたく思うんだな！」

　景の目の焦点が合い、人影を捉えた。右手にいて、三メートルと離れていない。道路に立ち、ライフルを持っている。

「来な」男には、まだ見えないようだった。「さもないと撃つぞ！」

　発砲するかのように身構えたが、狙っている方角からして、景の居場所がわからないのは明らかだった。

「それじゃ撃てよ」景はそういって、一歩進み、足を大きく蹴《け》りあげて飛びかかった。

　二人一緒に倒れたときに、ライフルが発射され、荒々しい連射音が雨のなかに響いた。景の蹴りが男の胸に命中し、倒していた。飛びあがった景は、相手の脇腹に膝で着地した。

　男がライフルを景の頭に叩きつけ、それが額に当たった。男が体をそらせてもう一度打ちかかろうとしたとき、景はライフルをつかんで相手と一緒に転がった。二人ともライフルをつかんだままで、斜面を転げ落ちていった。

景が下になって落ちるとき、男の顔が押しつけられた。男の息は、腐った魚の臭いがした。体勢をくつがえそうと、景は左に押しはじめた。男が顔を引いて、景の額に頭突きをくれた。景は左の拳を男のこめかみに叩きこんだ。それでも男は反撃し、また頭突きをした。

二人の体のあいだにライフルがあり、どちらもそれをつかんでいた。それを手放さないと、どちらも優位に立てない。だが、手放せば、相手に打ち勝つことが不可能になるかもしれない。

殴っても男をどかすことができなかったので、景は男の髪をつかんで引き倒そうとした。だが、相手は巨漢で、容易に倒すことはできず、また身を引いて頭突きをした。

危険を冒すしかない、と景は判断した。

景はライフルを相手の胸に押しつけた。急に体勢が変わり、男は一瞬無防備になった。相手が身を引くと同時に、景は肘と腕をあげて、男の顔にライフルを叩きつけた。それが目に当たり、男がたじろいで、無意識に首をすくめ、ライフルを握る力が弱まった。

それだけの優位が得られれば、景には充分だった。ライフルを脇にほうり投げて、上半身を自由に動かせるようにすると、両手で男の頭をつかみ、膝で股間を蹴った。一度強くひねっただけで、男の首は折れた。

景は横に身を躍らせ、ライフルを探した。

男の仲間が、トラックのそばから叫んでいた。景はライフルをつかみ、地面に伏せた。相手の位置がはっきりとわからない。

「ピーン！」男が、仲間を呼んだ。「ピーン！　なにをしている？　どこにいる？」

目の焦点を合わせようとしながら、景は溝の側面を這い登った。男はボーを捕らえている。

「ピーン！」男がまた呼んだ。「どこだ？　女を殺したほうがいいか？」

景はライフルを構えた。人影のどちらが男でどちらがボーなのか、見分けられなかった。

ボーは男のすぐうしろにいた。首をつかまれて、体がくっついている。

一〇メートル。楽な射撃だ。

景は引き金を引いた。ＡＫ－47が、カチリという音をたてた。弾薬がない。

「ピーン！」

「女を放せば、生かしておいてやる」景はいった。

「おまえは何者だ？」男が金切り声でいった。

「女を放せ」

ボーがもがく音が聞こえた。男が身をよじり、ボーを盾にした。

「おれがそんな馬鹿だと思うのか」男がいった。「ピーンはどこだ？」

「女を放さないと、おまえもおなじところに行くことになる」

「女を撃つぞ」

「そうしたら、生きたまま心臓を食ってやる」

男が、スクーターのほうへじりじりとあとずさった。景は身を起こした。

「そこか！」男が叫んだ。「それ以上近づいたら、女を殺す」

「女を放さないと、おまえを殺す」

「そいつは無理だな」

男がスクーターのところまで行ったところで、ボーが身をふりほどこうとした。男がボーを放して、イグニッションのキイをまさぐった。景は突進し、エンジンがかかると同時に、男の背中に向けて跳んだ。二人ともハンドルバーを越え、エンジンが音をたてた。

後頭部を三度強く殴ると、男は意識を失った。

景は怒りをこらえるのに苦労した。男の首をひきちぎりたいと思いながら、立ちあがった。男のライフルを取り、頭蓋に押しつけて一発撃ち、殺した。

ほんとうにやりたいことに比べれば、慈悲の行為といっていい。

その間に、ボーがスクーターに駆け寄り、引き起こしていた。

「早く行きましょう」死体を見おろすようにして景が立つと、ボーはいった。

「こいつらは兵隊だ」軍服を指差して、景はいった。肩から部隊章を剝《は》がしたあとがあった。脱走兵だ。「何か役に立つものを持っているかもしれない」

「行きましょう、景悠」

景は目を丸くして、ボーの顔を見た。心のなかでは、ボーが去ってほしいと願っていた。このまま行ってくれれば、この先待ちかまえている罠にはまることはない。

「なにか役に立つものがあるかもしれない」いま殺した男を道路脇にひきずっていって、ポケットを探った。

死んだ男たちのトラックを調べているあいだに、雨は弱まった。ライフルの弾薬がいくらかあっただけで、価値のあるものはなにもなかった。しわくちゃの紙幣数枚すらない。これがわれわれの戦っている軍隊か？　ガソリンがはいっている車を盗む分別もない臆病者の群れか？　ポケットに一〇〇〇ドンの金すらない。

ほんとうの敵は、南に向かう道路にいる。こうして時間を無駄にしているあいだに、どんどん遠ざかっている。

「ほんとうにだいじょうぶだね？」スクーターのそばに戻ると、景はボーに訊いた。

「もっとひどい目に遭ったこともあるわ」

「これからひどくなるかもしれない」

フイン・ボーはなにもいわず、景がスクーターを道路に戻すと、腰にまわした腕に力をこめた。

22

ベトナム　フエ

　マーラの一行がフエの周辺部に達したときには、夜明けが迫っていた。街のすぐ西のフエ市バイパス沿いには、ベトナム人民軍の駐屯地が二カ所あるので、デビアスはマーラに、一号公路を走るのがもっとも楽で早いと教えた。一号公路は、フランス植民地時代のフエ城の脇を通っている。有名な建築物の王宮は、国旗掲揚塔も含めて、濃い霧に隠れていた。

　マーラときいきい声のあいだで押しつぶされていたジョシュは、汗がしみた毛布にくるまれている心地だった。マーラが運転し、きいきい声は反対側でうとうとしている。

　ヘッドライトは点《っ》けていた。細かい水滴を光が貫き、道路の両側の建物の側面から反射していた。補給物資や出勤する労働者を運ぶトラックや車が行き来していた。たいした交通量ではないが、眠りこむ前にジョシュが見たときよりも、明らかに数がふえていた。

「ホーチミン市まで、あとどれぐらい？」ジョシュは訊いた。

「夜までには着くでしょう」マーラはいった。「まだだいぶ遠いわ。気分は？」

「体の芯が痛い。悪いものを食べたんだろう」

「熱もあるわね」

「ああ」

マーラが、ジョシュの額に手を当てた。ひんやりとしていて、やわらかく、やさしい感触だった。

「サイゴンに着いたら、すぐに医者に診てもらうわ」マーラはいった。「車をとめたくないの」

「だいじょうぶ」ジョシュはいった。「でも……」言葉がとぎれた。

「でも、なに？」マーラが訊いた。

「どこかでとめて……」ジョシュは、微妙ないいかたを思いつかなかった。

「おしっこしたいのね？」

「うん」

「フォン川を越えたら、とめましょう」マーラはいった。「朝ごはんにして」

「遠いの？」

「すぐよ」

「マーは？」

「SEALと一緒。向こうの車のほうが広いから。心配しないで。よく面倒をみてくれているみたいだから」

「わかってる。人形も買ってくれた。なくしてしまったけど……」

ジョシュの声がとぎれた。列車で流れた血のことばかりが思い出された。

鉄橋があった。道路が川に沿って、東に大きく曲がっている。ようやく橋が霧のなかから ぬっと現われた。マーラはそこを渡り、カーファーの車がついてきていることを、バックミ ラーで確認した。

「ずいぶん道をよく知っているね」ジョシュはいった。

「そうでもない」

「前に来たことがあるんだろう?」

「二回だけ。なにがどこにあるかを知るために。旅が好きなの」マーラはつけくわえた。

「おもしろいから」

「そうだね」

「観光している時間はないけれど、時間があればフエ城へ行きたかった。禁裏《きんり》の一部が保存されているの。とっても美しいところよ」

「禁裏?」

「城のなかの宮殿」

「禁裏とは?」

「皇帝のおわすところ。北京の紫禁城《しきんじょう》とおなじよ。そんなに古くはない——一八〇五年ぐらいに造られたのよ。フエは地方の首都で、城塞《じょうさい》を建築するよう、フランスが皇帝に勧めたの。禁裏は城塞都市のなかにある。ベトナム戦争で大部分が破壊されてしまった。テト攻勢のとき、ここは激戦地だったの。北ベトナム軍が街を占領し、海兵隊が奪回したときには、大量の死体があった。虐殺が行なわれたのよ。六千人が死んだ。生き埋めにされた人もいた」

「その連中を、われわれは中国から救おうとしているわけだな」ジョシュはいった。

「そんなところね」

一行は麺《めん》の店で食事をした。ジョシュはなにも食べなかった。下腹と膀胱《ぼうこう》が、まだ焼けるように痛む。いろいろなアレルギーはあるが、ほかに健康に問題はなく、記憶にあるかぎりでは、これがいままでで最悪の病気だった。SEAL隊員たちには、楽しい思いもせずに宿酔《ふつかよい》になったようなものだと冗談をいったが、実際はそれどころではなかった。

「ガソリンがないそうよ」店主や市民数人と話をしたあとで、マーラはいった。「もっと南に行けば、ガソリンがあるスタンドがあると、みんながいっている。南はまだ攻撃されていないのよ」

「それも長くは続かないだろう」カーファーがいった。「たとえ事実だとしても」

居眠りして休んだから、しばらく運転をかわると、きいきい声がマーラにいった。マーラは同意した。ジョシュが立ちあがって出ていこうとすると、マーがしがみついた。腕が鉛のように重かったが、ジョシュはマーを抱きあげた。マーはジョシュとマーラのあいだに挟まり、両腕をジョシュに載せた。車が走り出す前に眠っていた。

「ダナンまで一号公路を走って」マーラは、きいきい声に指示した。「行けるところまで、その道で南へ行くから」

「もう検問所はないかな？」きいきい声が訊いた。

「ないとはいいきれない」マーラはいった。「でも、状況はそんなに厳しくないでしょう。サイゴンまで行けばいいのよ。夜までには着くでしょう」

三十分後にダナンに着き、混雑した市内を抜けた。街路に兵隊はおらず、防御を強化した陣地もなかった。脇道に迷いこんだ戦車も、一両も見かけなかった。まるでちがう国のようだ。

坂を登って海岸に向かうと、空港が見えた。人口密集地の西の、幅広く長い真っ暗な一帯がそうだった。

「ここから飛行機で脱出すればいいのに」きいきい声がいった。

「鋭い質問ね」マーラはいった。「上の人間は、安全じゃないと思っているのよ」

「道路をずっと南下するのは安全なのかね？」

「中国が制空権を握っている。ここの滑走路はもう爆弾の穴だらけなのかもしれない」

「ヘリをよこせばいい」

「それもそうね」マーラはそういったが、ヘリコプターの航続距離ではむずかしいのだろうと思っていた。

それから四〇〇メートルも進まないうちに、左手の地面が爆発し、前方に火山の噴火のようなものが見えた。地面が揺れ、車が右に傾いた。

はらした。


「道路から落ちないようにして」マーラは、ジョシュの上からハンドルに手をのばした。

「わかってる。わかってる」きいきい声がいった。「落ち着け」

また前方に爆弾が落ちた。五〇〇メートル左――被害を受けることはない距離だが、はら
はらした。

「走りつづけて」マーラは命じた。

「とまるもんか」きいきい声がいった。

なにかが前方の空を飛ぶのを、ジョシュは目にした。最初は、大きな鳥かと思った。動物の死体が車に轢《ひ》かれてずたずたになる前につかみ取ろうと、ハゲワシが舞い降りてきたのかと思った。そのとき、白と黒と赤が飛び散るのが見えた。木っ端が舞っている――二発目は人家に命中したのだ。

「爆弾だ」ジョシュはいった。

「砲弾だよ」きいきい声が教えた。「沖からの艦砲射撃だ。なるほどね。ヘリが使えないわけが、いまわかった」

「橋が砲撃にやられる前に渡らないと」マーラはいった。

「どうして橋を狙っているとわかるんだ?」きいきい声が訊いた。

「もっと飛ばして!」マーラは叫んだ。

ジョシュの膝でマーがばと起きあがった。ジョシュが目をふさいでやったとき、砲弾が右手に飛んでいった。車が渡りはじめた橋の東側にそれが落ちた。水柱が噴きあがった。鉄

橋になっている橋の右半分が、水煙に覆われた。

向こうから列車が橋に差しかかっていた。列車が驀進《ばくしん》するとき、水飛沫《みずしぶき》があがり、先頭の機関車に降り注いだ。そのなかから列車が出てきたとき、次の砲弾を避けようとしてかがんでいるように見えた。砲弾で線路の支柱がねじり取られ、機関車の重みでレールが折れてしまったのだ。

列車はもうとまれなかった。ほとんどまっすぐに突進し、連結されたままの状態で落ちてゆくのを、ジョシュは見守った。次つぎと車両が進んできて、列車は数珠《じゅず》つなぎに落下した。

前方左手に水柱が噴出した。

マーが悲鳴をあげた。

「だいじょうぶ」ジョシュは、マーをしっかりと抱き締めた。「だいじょうぶ」

「もっと速く!」マーラが悲鳴をあげた。「行け! 行け! 行け!」

前方の河岸が真っ黒になった。ジョシュたちのピックアップが、がくんと持ちあげられた。ジョシュの首がうしろにふられ、続いて前に倒れて、顎がマーの頭にぶつかった。ピックアップが右にかしぎ、横向きに滑ってから、姿勢を回復した。

車全体が、煙と土埃《つちぼこり》と水に包みこまれていた。マーラはきいきい声に向かってわめき、もっと飛ばせとせかした。きいきい声は黙って、必死で車をまっすぐ走らせようとしていた。

橋はめちゃくちゃに揺れ動いていた。

「道路を走って!」渡り切ると、マーラはいった。

「わかりましたよ、艦長」かすれた声で、きいきい声が応じた。

「いいから飛ばして。うしろはついてきているわ。飛ばして」

突然、煙が晴れた。近くに林があり、人家がならんでいた。砲撃など、なかったかのようだった。

なかった——ここでは。背後では、橋が崩落していた。今度は川沿いの建物が狙われていた。

「あそこでとめて」左手前方のひらけた場所を、マーラは指差した。その奥に納屋のような建物がある。その前にガソリンタンクが二つあった。

マーラは、ピックアップから飛びおりて、給油機のほうへ走った。カーファーの車がうしろにとまった。

「なにをしている?」カーファーが叫んだ。

「ガソリンがある。来て!」給油機のところから、マーラはどなった。

「おばさん、あんた、いかれてるよ」カーファーがいった。

きいきい声がギアを入れて、ピックアップをタンクに近づけた。マーラはすでに給油ノズルを用意していた。ノズルを給油口に差しこんだとき、あらたな艦砲射撃が開始された。今度はかなり近く、そばの地面が揺れた。

建物から小柄な痩せた男が出てきて、マーラたちに向けてどなりはじめた。

マーラはポケットに手を入れて、札を何枚か見せたが、男の興奮は治まらなかった。すぐそばに立って、両腕をふりまわした。

きいきい声が、窓から身を乗り出した。「そいつをぶん殴ろうか?」

「やめて。離れて。満タンになった」給油ノズルを抜いた。「遠くへ行って」

ピックアップががたごとと揺れながら離れていった。ジョシュが首をめぐらして、どうなっているのかを見ようとした。カーファーの車が給油機に近づいたとき、男が給油ノズルをひったくった。

砲弾が一発、頭上を越えて、道路の向かいで炸裂した。土くれが車に降りかかるほど近かった。マーラは男を押しのけようとしたが、とうとう我慢できなくなった――頭の横を拳骨で殴り、地べたに倒した。

「わーお、強いじゃないか。女スパイ、やるなあ」きいきい声が、ジョシュにそういった。

さらに二発が、近くに着弾した。今度は左手だった。男が起きあがって、またわめき散らした。マーラから遠ざかりながら、まだどなっていた。カーファーの車も満タンにすると、マーラは給油機にノズルを戻した。金を差し出したが、男は受け取ろうとしなかった。マーラがとうとう男のほうに金を投げて、ピックアップに向けて駆け出したとき、また一連の砲弾が落ちてきた。

「行くわよ。早くここを離れて」マーラはいった。

幹線道路に戻るあいだ、車輪が土くれや砂埃を巻き散らした。

「あいつ、金を受け取ろうとしなかったな」きいきい声がいった。

「家族用のガソリンだって」

「それは気の毒に。金を出さなくてもよかったんじゃないか。あまり残っていないし」

マーラは答えなかった。

「なにが撃ってるんだ?」ジョシュが訊いた。

「中国の駆逐艦だろう」きいきい声がいった。「一隻や二隻じゃない。ここは海に近いのさ」

「やつらは、どれくらい近づいているんだろう?」

「ダナン湾内にいることは確かだな。川を遡《さかのぼ》ってるかもしれない。ベトナムにはろくな海軍がないからな」きいきい声はつけくわえた。「すぐ沖合いかもしれない。ベトナム軍の防御を全部叩き潰そうとしてるんだろう——もともとお粗末なものだけどね。すいすいとやってきて、好き放題に砲撃しているのさ。ベトナム軍は手も足も出ない」

ジョシュは、またシートにもたれた。マーが胸に顔を埋めている。声もなくめそめそ泣いていた。

「それじゃ、ここから先は楽になるのかな?」きいきい声が、マーラに訊いた。

「比較すればの話よ」マーラはそういって、サイドウィンドウに顔を向けた。

23

ベトナム　ダナン

砲撃が始まったとき、獲物に近づきつつあることを景悠《ジン・ヨウ》は感じ取った。ジョシュたちが渡った川まで三、四キロメートルに迫っていたが、砲撃がみるみる激化していた。対向車が次つぎとパッシングしたので、橋が破壊されたにちがいないと察した。

Uターンして、一号公路からそれ、脇道を縫ってカムレー橋を目指した。だが、中国の艦砲射撃によって、そこもすでに通れなくなっていた。内陸部に迂回するしかない。トゥイロアン古代村の郊外を抜け、ふたたび南に向かうことになる。

一四号公路Bに達すると、前方にびっしり車がならんでいるのが見えた。乗り捨てられている車もあり、大渋滞が起きていた。スクーターでも通り抜けるのがむずかしかった。行ったり来たりして、あいている場所を見つけ、停止と発進をくりかえし、何度かひきかえしてちがう道を探した。

裏道もやはり混雑していた。

五キロメートルほど進むのに、二時間近くかかった。そのころには、中国の艦隊は引き揚げていた。煙が風に乗って漂い、幹線道路や川の周辺にまとわりついていた。

川に架かっている一四号公路Bの橋は、攻撃で損壊していた。東岸にバリケードが築かれていた。対岸にはバリケードがわりの小さな木挽《こびき》台が置かれ、警官一人がそこに立って、車や野次馬を追い返していた。

景はバリケードの手前でスクーターをとめて、橋の道路のようすを見た。なかごろが陥没しているが、あとはだいじょうぶそうだった。橋そのものは、わずか五〇メートルしかない。

思いきって突破しようと、景は肚《はら》を決めた。

「渡るの？」ボーが訊いた。

「ここで渡らなかったら、べつの橋を見つけるのに一時間かかる」景はいった。「それに、行きたい方角から、もうだいぶずれている。渡れると思うか？」

「あなたがやればね」

「しっかりつかまってろ」景は、ボーの腕を引き寄せた。

スクーターのエンジンをふかし、急発進した。一〇メートルと行かないうちに、路面がタイヤの下でへこみはじめた。くぼんでから、また戻った。まるで飛び込み台の板みたいだった。景はアクセルをゆるめて、左にハンドルを切った。路面が左に揺れ、大きな音がした。激しい嵐の最中に木の幹が折れるような音だった。

今回は路面がもとに戻らないだろうと、景は悟った。加速し、突進したとき、橋の下の鋼鉄の支柱が揺れ動いて、一本ずつ折れはじめた。

警官がふりかえり、景のほうへ両手をふった。

橋の向こう側まであと一〇メートルというところで、道路の右半分がへしゃげて、下に落ちた。景はハンドルバーに身を伏せ、スクーターに左に寄れと念じた。路面の最後の部分を走り抜けたとたんに、橋が崩壊した。

愕然《がくぜん》としてなにもできずにいた警官にぶつかりそうになりながら、猛スピードで通過した。

さらに数分、その道路を走ると、ダイヒエプの手前に達した。商店が立ちならぶ界隈《かいわい》で、景は速度を落とした。

「腹は空いたか？」景はボーに訊いた。

「あなたに合わせるわ」

「なにか食べ物を買おう」景はいった。「だいぶ差をつけられたから、どのみち追いつかない」

鼠

ホテル銃撃事件の巻き添えで死亡

ボストン発（フォックス・ニューズ）――ボストン・クラウン・ホテルで起きた強盗未遂を武装警備員が食い止めようとした際に、二児の母親が流れ弾に当たって死んだ。

警備員は全員が非番の警察官だった。ビジネスマンを狙った犯罪が多発しているため、ボストンのビジネス・クラスのホテルでは、そうした警備員がめずらしくない。アメリカの経済低迷が続くなか、富裕層を狙った犯罪や暴力事件全般が急増しており、この強盗もそのたぐいと見られる。

ドイツ、健康保険制度撤廃の見通し

ドイツ、ベルリン発（ワールド・ニューズ・サーヴィス）――世界的不況の直近の犠牲者は、ドイツの福祉体制の要《かなめ》である全国民加入の健康保険制度であるかもしれない。

ヨーロッパをことに激しく直撃した財政難は、各国政府の国民へのサービス削減をもたらしている。なかでもドイツの財政難は深刻で、同国は伝統的に赤字国債発行やその他の姑息《こそく》な手段を嫌うため……。

1

ベトナム　ホーチミン市（旧サイゴン）

ホーチミン市では、非常事態が宣言されていた。軍と警察が市内をパトロールし、厳しい外出禁止令が敷かれていた。幹線道路沿いのさまざまな地点に、陸軍部隊が集結していた。戦車が陣地にこもり、その他の防御も準備されていた。民兵――自分たちの齢《とし》よりも古いライフルを持った自警団員程度の人びと――が、市役所や町役場に集まり、ピックアップやバンで住宅地を巡回していた。

だが、街そのものは、危機の雑音をほとんどまぬがれているように見えた。幹線道路は、どちらの車線もバイク、バス、自家用車、トラックで混み合っていた。集団パニックや大脱出は見られない。

民間航空の定期便は満席か、着陸地を変更されている恐れがあると考えたデビアスが、マーラ一行を乗せる飛行機を手配していた。そのチャーター機は、東京に向かう。グドウィル・ジャパンという日本の小規模な航空会社の飛行機で、ＣＩＡがたまに使っているものだ。

しごく単純な手配だった。マーラが全員を連れて空港へ行き、セキュリティ・チェックを通過し、メイン・ターミナルにはいる。民間航空会社の社員だがＣＩＡに〝友人〟として雇われている係員を呼び出す。その係員が出国管理を通してくれ、飛行機に案内する。飛行機は午後五時以降に到着する予定だった。

まだ二時間ある。

ジョシュはまた眠っていた。医師に診てもらうのは、東京に着陸してからになる。だが、それが賢明のようだった。

空港の六キロメートル手前で渋滞にひっかかり、マーラはきいきい声と場所を入れ替わって、ハンドルを握った。そのためにマーラがピックアップのまわりを走っていたとき、カーファーがクラクションを鳴らした。耳を叩いて見せ、無線機の電源を入れろと合図した。ピックアップに乗りこむとすぐに、マーラは電源を入れた。

「どういう状況だ？」カーファーが訊いた。

「さっきもいったけれど、空港にまっすぐ向かっているわ」

「ほんとうだな」

「いいからついてきて」

「無線機をつけておけ」

「電池はもつ？」

「あと二時間で離陸なんだろう？　それぐらいは充分に残ってる。リトル・ジョーが、護衛のためにそっちの荷台に乗る」

「どうして？」

「どうも不安なんだよ。だからだ」

マーラは首をふったが、いまの時点ではそれを否定できない。リトル・ジョーが、テイルゲートを飛び越えて荷台に乗った。

「リトル・ジョー、無線機は？」マーラは、無線を通じて訊いた。

「ちゃんとつけてる」

「銃はバッグに入れておいて。検問されたくないから」

「武器を持ってるやつらはおおぜいいるぞ」

「民兵よ。白人じゃない」

渋滞した車の列がくねくねと進むあいだに、ボーイング757が離陸するのが遠くに見えた。自分たちもまもなく出発できる。

空港へ行くために、ハフイギアプの出口ランプへとじりじり進んでいったとき、出口が閉鎖されていることにきいきい声が気づいた。軍用車両二台が、行く手をさえぎっている。マーラは、説得して通してもらおうと判断した。車両の前にとめて、一台がバックすれば通れるようにした。荷台のリトル・ジョーに疑いの目を向けながら、ベトナム人民軍の兵士たちが、助手席側のサイドウィンドウに近づいてきた。マーラが、運転席から身を乗り出して、話をした。できるだけおだやかに、ベトナム語でいった。

「空港へ行かなければならないんです。ここで空港道路に出ないといけないの」

「空港道路は閉鎖された」分隊長の軍曹がいった。

「でも、空港へ行かなければならないんです」

「この道路はだめだ。閉鎖された」

マーラは、さらに懇願したが、軍曹と二等兵二人は、そのまま歩み去った。バックして、車の流れに戻るほかはなかった。

「どうして賄賂《わいろ》を使わなかったんだ？」きいきい声がいった。

「お金がないの。パン代ぐらいしか残っていないわ」

「ない袖はふれないってやつか」きいきい声が、あきらめの態《てい》でいった。

二二号公路に通じている出口も、閉鎖されていた。マーラは、二・五キロメートルほど、そのまま進みつづけ、空港への近道をすべて通り過ぎてから、街に出られる非常用出口を見つけた。そこにそれた数台の車に続き、混雑した狭い街路を通って、空港のほうへひきかえしていった。

渋滞がどんどんひどくなり、しだいに進んだりとまったりのくりかえしになった。ようやくターミナルに通じる主要道路のトゥオンソンが見えたとき、理由がわかった――空港の出入口が閉まっていた。車はすべてそこでUターンさせられ、苦労しながらいま来た道路をひきかえしていた。

「どうなってるのか見てくるから、このまま乗っていて」マーラは、運転席から飛びおりた。

カーファーもおりて、車の列の横を歩くマーラを小走りに追った。空港の出入口のまん前に、装甲車二両が陣取っていた。憲兵が二人、交通整理をしている――というよりは、道路に追い返しているだけだった。

「空港にはどうやってはいればいいの？」マーラは叫んだ。

一人の憲兵が、耳もとに手を当てた。マーラは車の隙間を縫って、そこへ駆け寄った。

「乗る便があるのよ」マーラはいった。「どうやってはいればいいの？」

「今日はもう便はない」憲兵がいった。

「さっき離陸するのを見たわ」

「もう便はない」

「責任者と話をさせて」

憲兵は、知らん顔をした。

「ちょっと！」マーラは叫んだ。

憲兵は答えず、道に迷ったと叫んでいる近くの車の女性のほうへ行った。

「歩いてはいればいい」カーファーが、向かいの駐車場を指差した。

「警備兵はどうするのよ」

「脇にまわろう。さっき曲がったところにひきかえす。誘導路の近くだ。誰もいなかった」

「なかに警備兵はいないと思う？」

「いたらいたで、そのときに心配すればいい」

「危険が大きすぎる。逮捕されたら、絶対に脱出できなくなる」マーラはきっぱりといった。

「ジョシュやみんなとひきかえして。指揮官の将校を見つけて、事情を訊くから」

「一人ではいかないほうがいい」

「あなたは邪魔なだけよ」マーラはそういって、駐車場に向かいかけた。

「それに、あんたはいやな女だ」カーファーが、一緒に歩きながらいった。「お似合いのカップルだな」

「わたしに触ったら殴り倒す」

「荒っぽいのは大好きでね」

「あなたの好きなタイプじゃないと思う」

「あんたの顔に紙袋をかぶせればいいさ」

見られていなかったら、マーラはカーファーに殴りかかっていただろう。

カーファーが、十三歳の男の子みたいに、くすくす笑いはじめた。

マスかき野郎。

兵士たちは、マーラの質問に答えようとしなかった。マーラはターミナルの建物の真横を歩いて、将校を探した。一人の少尉が、舗道で煙草を吸っていた。空港は完全に閉鎖されている、と少尉がいった。

「迎えの飛行機が来るんです」マーラはいった。「チャーター機だし、幼い子供がいて――」

将校はマーラの言葉をさえぎり、その問題は交通省と交渉するようにといった。ターミナルのどこにあるのかとマーラが訊くと、ここではなく市内中心部にあると教えられた。

「ここで交渉できる人は?」マーラは訊いた。

「誰もいない」少尉はいい張った。マーラはしつこく指揮官の名前を尋ね、大尉の名前をようやく聞き出した。車を追い返している車両のそばにいるという。

「あそこの横丁にはいって、フェンスを破り、なかにはいればいい」少尉が部下のほうに戻ると、カーファーがいった。「こんなのは馬鹿げてる」

「そうね」

「便の時間は？」

「一時間後には来るはずよ」マーラはいった。「でも、待たせておけばいい」

空港周辺の地域には、ビルが密集していた。滑走路の端のフェンスに向かって、その一帯を通り抜けていたときに、デビアスが衛星携帯電話で連絡してきた。

「悪い知らせだ、エンジェル。その空港は閉鎖された」

「平気よ」マーラは答えた。「パイロットに、わたしたちはフェンスを破ると伝えて。飛行機で待つようにと」

「わかっていないな。着陸もできない。ベトナムは、民間機の空港使用を禁じている。本気だぞ。滑走路に装甲車が出ている。今夜の作戦の戦闘機に使うという話だ」

「冗談でしょう？」

「だったらいいんだがね。どうやらMiGが十数機残っていて、中国軍がそれを全滅させるのを楽にしてやるつもりらしい」あいかわらず、デビアスらしい皮肉ないいかただった。

「心配するな。連れ出してやる。食事でもしたらどうだ？　宿にはいって、しばらくのんびりしろ」

「まるで、わたしたちが楽しく旅をしているみたいに聞こえるけれど」

「ちがうのか?」

2

ワシントンDC

市民論の授業で教わることとは、まったくちがう。

もっとも、最近は市民論の授業などない。歴史すら教えない。十把一絡げに社会科と呼ばれているが、それは曖昧模糊《あいまいもこ》とした表現でしかない。

グリーン大統領は、ホワイトハウスの閣議の間《ま》の長いテーブルに身を乗り出し、空母が航空機から受ける危険についてマシューズ提督が講釈を垂れるあいだ、怒りを抑えるのに苦労していた。ベトナムを支援しようとしているグリーンの努力にあくまで抵抗している四軍のトップは、泣き言をいい、抗議し、足をひっぱってきた。これがその最新版だ。彼らの抵抗は大部分が受動攻撃（煮えきらない、頑なになる、すねるなど、受動的なやりかたで示される攻撃的行動）だった。それなら社会科の教科書に載っている。いわゆる三権分立という形で。しかし、まさに権力を分立させているがゆえに、効果的な抵抗になっている。グリーンの考えでは、彼らの抵抗は叛乱《はんらん》の一歩手前だった。

それもごく小さな一歩だ。

だが、その講釈がことに腹立たしいのは、朝の五時という時間だからだ。統合参謀本部のトップは、不意打ちのためにそういう時間を選んだにちがいない。卑怯《ひきょう》者は、いつだって未明に襲いかかる。

　マシューズ提督をはじめとする統合参謀本部のトップに、自分たちの立場をわきまえさせる潮時だと、グリーンは肚を決めた。

「提督、きみは明らかに失念しているようだね。わたしは海軍に二十年勤務しただけではなく、パイロットとして空母艦載機も飛ばしていた。空母の護衛も行なっていたわけだよ」

　マシューズが黙った。周囲の将官たちは――〝叱られてしゅんとなった〟という表情ではなかった。

〝むくれている〟というべきだろう。

　甘やかされた馬鹿者どもめ。

「いいか、わたしの話をよく聞け」グリーンはいった。「諸君はわたしの部下だ。わたしは軍のことを充分に理解している。遅延工作は見ればわかる。そんなものは容認しない」

　空軍司令官でグリーンの友人のトミー・スティルズ将軍が、反駁《はんばく》しようとした。グリーンは片手をあげて、口を挟まないようにと示した。

「海軍艦艇をベトナム沿岸に接近させてほしい」グリーンは続けた。「北朝鮮に動きがあるとか、ロシアの艦隊に対する手当てが必要だなどというごたくは聞きたくない。台湾には、しばらく地獄で腐っていてもらう。ベトナムの海上油田に艦艇を接近させろ。以上。さっさとやれ」

「海上封鎖をしろというんですか？」マシューズ提督が訊いた。「それが肝心な点です」

「われわれが、封鎖を無視するのだ」グリーンはいった。「ハイ・フォン沖に潜水艦が一隻いる。それが任務を支援していた――それを帰らせたのはどういうわけだ？」

「べつの任務がありました」

「その任務のほうが重要だったのか？」

マシューズが、答えるのに一秒ほどためらった。グリーンの退役時の階級が大佐だったので、下級の将校に詰問されているのが気に入らないのは明らかだった。

ようやく口をひらいたマシューズを、グリーンはさえぎった。

「それが賢明であると――」

「賢明だと、きみが考えたのか？」グリーンは、自制を失いそうになっていた。癇癪《かんしやく》を起こすのは逆効果だ。叱りつければ恨みが深くなるだけで、よけい裏で画策するだろう。足をひっぱり、背中から刺そうとする。いっそう不正直になる。それに、怒りを示せば、議会の政敵にかならず注進がいく――いままでは、その連中が、統合参謀本部の強い味方なのだ――会議が終わったら、あっというまに知らされるだろう。知ったことか。自分が軍の最高司令官なのだ。

「いいか、撃ち合いをして戦争を始めろと頼んでいるわけではない」感情を隠して、攻め口を変え、グリーンはそういった。「超大国らしくふるまってほしいんだ。実際そうなのだから。こういう脅しに対抗できるのは、われわれしかいない。提督、きみだっておなじ思いだろう。それが純然たる海軍のドクトリンだ」

マシューズはうなずいた。ほんとうに同感なのか、グリーンには読めなかった。マシューズの前任者は、マレーシア紛争中に何度か攻撃的すぎる行動をとったために、激しい叱責《しっせき》を受けた。前政権の任期中に、三度も、議会のいくつかの委員会の聴聞を受け、罪業について訊問された。レナータ・ゴールド陸軍参謀総長も、おなじ流れで就任している——会議中に彼女がひとことも発言しないのは、それが一つの理由だろうと、グリーンは見ていた。

将軍たちは前の戦争を引き継いで戦うはめになる、というのはよくいわれることだ。今回もおなじで、彼らがいま戦っているのは、前任者たちが議会で挫折《ざせつ》した戦いなのだ。

だが、率直にいって、マレーシアの一件は失策だった。前大統領の任期の最後のほうは、政権が崩壊しかけていた。今回はそうではないと統合参謀本部が判断するような材料はなにもない——つぶれるのが目に見えている大義のために、将兵や自分たちの軍歴をふいにする危険を冒すのは、馬鹿げている。

「一九三九年のくりかえしだというのを、諸君は認識しているはずだ」グリーンはいった。

「一九三七年といってもいい。今回のベトナムは、当時のチェコスロバキアだ」

「われわれがベトナムを分割しようとしているとは、誰も示唆しないでしょう」ゴールド将軍がいった。

「結構」グリーンは、ほかになんといえばよいのか、わからなかった。マシューズ提督のほうを向いた。「空母〈キティ・ホーク〉に速力をあげるよう命じてくれ。それから、駆逐艦も——どれになるかな?」

「ミサイル駆逐艦〈マッキャンベル〉。アーレイ・バーク級、DDG‐85です」

「サイゴンの南の油田近くに配置してくれ」グリーンはいった。「大至急」

「アイアイ・サー」

「こちらからも、アイアイ・サー」グリーンは、雰囲気を明るくしようとしたが、うまくいかなかった。「誰か、コーヒーをもう一杯どうだ?」

3

ホーチミン市

獲物の追跡をいったん中断すると景《ジン》が決断したのは、屈服したからではなく、運命には従わなければならないという単純な事実を認識していたからだった。雪の重みで冬に木がしなうように、物事はあるがままに受け入れなければならない。

自然もそれなりに意思表示をして、視界をさえぎり、運転をやりづらくしていた雨があがった。景とボーは、小休止して昼食をしたためてから出発した。無鉄砲な速さではなかったが、かなりのペースで飛ばした。艦砲射撃を悪い予兆と見なして、西へ進み、一時間後に一四号公路に達した。軍の車列と何度か遭遇したが、進撃を続けている中国軍を迎え撃つために北へ急いでいる兵士たちは、景たちには目もくれなかった。

ブオンホーではガソリンを買えた。間食用の野菜も買った。カッティエン国立公園の北のドンナルという小さな町で小休止した。燃料計の針がEに近づいていたが、一軒しかないガソリンスタンドは閉まっていた。

景はできるだけ閑静な通りを見つけて、スクーターを走らせた。数軒の家の裏手に、何台か車が駐まっていた。そのそばにスクーターを寄せ、すぐにホースでガソリンを抜き取りはじめた。だが、どれほどはいったかを見ようとしたとき、一人の男が家から出てきてどなりはじめた。あわててホースを引き抜き、走り去ったときに、スクーターのタンクのキャップをなくしてしまった。

ホーチミン市を視界に捉えたときには、六時近くになっていた。景は、市北部のゴヴァプ区を目指した。

そこは川の近くが畑になっている、密集した住宅地だった。大学の近くにある大きな石油貯蔵タンクを目印に、車の流れを縫いながら、ジグザグにそちらへ進んでいった。そしてようやく、タンクの近くの畑で突き当たりになっている未舗装路に乗り入れた。一カ所しかない角を曲がり、労働条件の悪そうな工場と荒れ果てた倉庫のあいだに建っている場ちがいな感じの屋敷に向けて走っていった。

屋敷の正面には砂利の駐車場があり、五台はいる車庫がその横手にあった。丸い窓がボディに一つだけあるグレーのパネルバンが、いちばん奥の車庫の前に駐まっていた。景はそのパネルバンの横にスクーターを駐めた。見張られているのはわかっていたが、監視の姿は見えなかった。

「待っていてくれ」景はボーにいった。「ここから動くな」

その屋敷は二百年前の建築物で、玄関に二階建ての柱廊があるヨーロッパの様式だった。正面の柱の蔭に、男が二人立っていた。銃を持っている——ベトナム人民軍や民兵がよく使うAK－47ではなく、もっと新式で殺傷力の高いドイツ製のサブ・マシンガンだった。

景が石段を登ると、四十代の痩せた男が、ドアをあけ、敷居をまたいで立った。ピンストライプの黒いビジネススーツを着ていて、執事やドアマンなどではなく、銀行家のように見える。

男は、そのいずれでもなかった。名前は同《トン》、景がこれから会う女性が交替で使っている助手の一団の一人だった。

「ご用件は？」同が英語で訊いた。

「わたしは景悠《ジン・ヨウ》。狐《フー》女史に会いにきた」

同がうしろにさがり、景を入れた。景はここに何度か来たことがあるが、顔を憶えているとしても同は素振りにも表わさなかった。

「おかけになってお待ちください」

景は立ったままでいた。異国の香辛料の匂いがしていた。ジャスミンやバニラの香りが、八角や土臭い胡椒の匂いと混じっている。厚い二枚の緞通《だんつう》の下から、木の床にほどこされた竜の象嵌《ぞうがん》が覗いていた。かけるようにと景が勧められた椅子は、百年以上前にフランスから輸入されたもので、樹木のように古びていたが、真新しい中国の絹をかけてあった。

同が戻ってきた。「どうぞこちらへ」

景は、同に続いて屋敷の中央の廊下を進み、ガラス張りの中庭に出た。そこから裏庭へ行った。景が狐女史という呼び名だけを知っている年配の女性が、庭のなかごろのテーブルに向かい、お茶を飲んでいた。そのうしろの大きな噴水で、水がゴボゴボ音をたてている。さまざまな壇に植えられた高木、灌木《かんぼく》、花の正面の岩屋や栗石を敷いた小径《こみち》に、像がならんでいた。悟りをひらいた仏陀が木の下に座している。生命の象徴を獅子が護《まも》っている。

「待っていたよ、景悠」狐女史がいった。

景はお辞儀をした。狐女史は小柄で、身長は一五〇センチほどしかない。痩せているが、華奢《きゃしゃ》というほど細くはない。肌が透き通るほど白い。まるで漂白したようだ。六十近いと景は聞いているが、おなじ年代の女性よりもずっと、肌がつやつやしていた。長いワンピースを着ていた。現代風のデザインでありながら、どこか古風なカットだった。

狐《フー》は、キツネのことだが、中国人の姓の一つでもある。狐女史はまさに、キツネの謎めいた性格をすべてそなえていた。景は狐女史の担当や任務を正確に知る立場にはないが、ホーチミン市の中国諜報網の大部分を仕切っているのだろうと思っていた。ことによると、ベトナム全土の諜報網の親玉かもしれない。

「夜までに来るのは無理かもしれないと思われていたよ」狐女史がいった。「困ったことは？」

「思ったよりも楽でした」

「そう」

「情報を用意してくれているのでしょう？」

「情報ならたくさんある。お茶を召しあがれ」

近くの藪蔭にいた執事が、茶碗を持って出てきた。お茶が注がれるのを、景は待っていた。

ジャスミンの淡い香りが、鼻をくすぐった。

「いただきます」といってから、景は茶碗を取った。

「あんたが追っている男は、ホーチミン市に向かっている。空港へ行こうとしたんだろうが、数時間前に当局が閉鎖した。そこからどこへ行くかはわからない。いまのところは」

「なるほど」

「第一区へ行って、ホテルに泊まる可能性が高い」狐女史は話を続けた。「何人かそこで探している。町じゅうに手先がいる」

「衛星携帯電話は使われましたか？」

「使われた。でも、市内では探知がむずかしい。アメリカは通信テクノロジーをすべて公開しているわけじゃないからね」

狐女史が、またお茶を少し飲んだ。狐女史のやりかたは、後宮に閉じこめられ、皇帝の裏で政治的陰謀をめぐらしていた、中世の皇后を彷彿《ほうふつ》させる。

「お力添えに感謝します」景はいった。

「侮辱だととらないでほしいんだけどね、景悠」狐女史はいった。「あなたの粘り強さに、あたしは感心している。でも、これまでのような有能さは示してこなかったね。みんながみんな、あんたに満足してるわけじゃないよ」

景は頭を下げた。それは叱責ではなく、注意を促す言葉だった。

「あたしたちの手のものが、その男を殺せる場合には、そうするだろうよ。侮辱するつもりはないけど、かなり重要な仕事だからね。主席の官房からも、直接の連絡があった」

「お力添えに感謝します」景はくりかえした。

狐女史がうなずいた。「どうしてあんたにこの任務を命じたのかね？」

「わたしはききませんでした」

「あんた一人だけ敵地に送りこむとは――あんたの上官は、あんたが帰ってこないことを望んでいるのかね？」

「必要とあれば、部下を連れてくることもできました」

狐女史は、またお茶をすすった。「連れがいるね。女が」

「ハノイから脱出するのを手伝ってくれました。これまで、たいへん役に立ちました」

「足手まといになるかもしれないよ。ここまで連れてきたのは、いいことじゃない。その女のためにも」

「女のことは、わたしが責任をとります」

「だろうね。同が泊まれる場所を教えるよ。そこへ行って、女はそこにいさせるんだ。同は電話も用意している。情報があれば、電話で伝えよう」

「捜索は続けるつもりですが」景はいった。

「好きにおし。あたしがいったことを、すべて肝に銘じておくんだよ」

「ありがとうございます、狐女史」景はいった。「そうします」

4

ホーチミン市

大手の外国系ホテルは、サイゴン川に近い第一区もしくはその近辺にある。デビアスは、川沿いにある設備の整った高層ホテル、ルネッサンス・リバーサイド・ホテルに部屋を用意していた。ホテルにチェックインするときにSEAL隊員たちが兵隊ではなく観光客に見えるように、マーラは残った金を使って、リサイクル・ショップで古着やバッグを買った。

「全員一緒にチェックインしないほうがいい」小さなレストランの奥で身なりを整えているときに、マーラはカーファーにいった。「あなたたちが最初に行って、部屋にはいり、問題ないかどうか確かめたら」

「やなこった」

「わたしに突っかかることはないでしょう。空港を閉鎖したのは、わたしじゃない」

「ハノイで脱出させてくれればよかったんだ」カーファーはいった。「どいつもこいつも腰抜けだ」

「なによ、潜水艦は海軍のでしょう。わたしたちのじゃない」マーラはいい返した。「いまどこにいると思ってるのよ?」

「おれだけなら、泳いでいくさ」

車に戻ると、駐車する場所を探した。必要とあれば取りにいけるくらい近くに置きたかったが、車が発見された場合に怪しまれないように、ホテルのすぐそばでないほうがいい。いままでは、きいきい声ですら、機嫌が悪くなっていた。混雑した繁華街をまわるあいだ、警察には盗難車のナンバーを調べるよりもずっとだいじな仕事があるはずだと、ぶつぶついった。

「ナンバーを見れば、どこから来た車かわかるのよ」マーラはいった。「手抜きをしてドジを踏むのは避けないと」

「手抜きしろとはいってない」

マーラはようやく、小さな商店数軒の裏手に、駐車できる空き地を見つけた。ピックアップを金網のフェンスぎりぎりに駐めて、全員を反対側からおろした。カーファーも、うしろでおなじようにした。

「ホテルの手前二ブロックまで、一緒に行動する」カーファーがいった。「そこからは、おれとリトル・ジョーが先行する。部屋にはいったら、ジョーがおりてきて、オーケーサインを出す。あんたとジョシュとガキがはいってきて、チェックインする。それから、残りの全員がチェックインする。これでいいだろう、おばさん」

「いいわ」

「まだ生きてるか、マッド・サイエンティスト?」カーファーは、ジョシュにいった。

「がんばってるよ」

車をおりると、ジョシュははじめのうちは元気づいた。脚を動かすのが、気持ちよかった。やわらかな風が吹いていて、空気は北部よりも湿気が多いものの、ひんやりしていた。だが、一ブロック歩くと、エネルギーが急になくなるのがわかった。みぞおちと下腹が、焼けるようだった。マーについていくのにも苦労した。マーはジョシュの手をひっぱりながら歩いていた。

「そんなに遠くないのよ」マーラは、足をゆるめた。

「平気だ」ジョシュはいい張った。

「座って休みましょう。あそこにベンチがある」

「早くホテルに行こう」

「その前に、安全かどうか確かめるのよ」マーラは、ジョシュの額に手を当てた。「前より熱が下がったみたい」

「よかった。きみの手、気持ちいい」

「おなか空いた？」

「いや、腹が痛い」

「どこ？」

「ここ。食べると痛い。どこもかしこも」

「ほら、ベンチに座りましょう」

マーラはジョシュの肘を取り、ベンチに連れていった。ジョシュは胸の前で腕を組み、体にはいりこんだものがなんであるにせよ、出ていってくれと願った。目を閉じた。

雨と、地面から突き出した腕のことを思った。

近くでサイレンが鳴り響き、はっとした。警戒し、不安になって、さっと身を起こした。警察の捜査車両が二台続けて通過した——そのあとに黒いメルセデスの乗用車数台が続いている。バイクが二台、警護していた。最後尾は兵員輸送トラックだった。

「あれはなんだ？」ジョシュは訊いた。

「ただの外交官よ」マーラはいった。「歩ける？」

ジョシュは立ちあがった。脚がこわばっている。マーが疑わしげに眺めた。

「たった二ブロックよ」マーラはジョシュの腕に腕をからめた。マーが反対の手を握った。

マーラの身長は、ジョシュと変わらなかった。ジョシュがこれまでデートした女性すべてより、ずっと背が高い。

「ホテルはあそこ」マーラがいった。「わたしが話をする」

マーラに惹かれているのか？　それとも淋しいだけか？

淋しくはない。病気だし、疲れている。でも、淋しくはない。

マーラに腕をとられていると、安心できた。

「いいわね？」マーラが訊いた。「わたしがチェックインするから」

「任せるよ」

デビアスは、そのホテルの親会社を通じて前金を入れていたが、ホテル側は数百ドルしか用立ててくれなかった。銀行は営業しているといい、近くのATMの案内図をくれた。厄介払いしようとしているのだと、マーラは察した。

マーラは、ジョシュとマーを連れて、スイート・ルームへ行った。マーはソファに倒れこんで、すぐにうとうとしはじめた。ジョシュはだいじょうぶだといい張ったが、マーラがベッドに寝かせた。デビアスが医師を手配していた。SEAL隊員がすべて部屋にはいるのを見届けてから——全員がおなじ階の部屋で、カーファーは隣りだった——マーラはその診療所に電話した。

三十分後に、医師が来た。ジャックと名乗った。なまりからしてフランス人ではなく、ロシア人のようだったが、マーラは問いただそうとはしなかった。医師はジョシュの熱を計り、〝ル・サンプル〟と上品ないいかたをしたが、コップを持たせてバスルームで採尿させた。

「セックスはしましたか？」医師が訊いた。

「いいえ」ジョシュは答えた。「最近はしていません」

医師がマーラのほうを向いた。

「この人がセックスをしたかどうかは知りません」マーラはいった。「それに、わたしじゃない」

「尿道炎を起こしていますよ」医師がジョシュにいった。

「胃のほうは?」

「そっちも感染しています」

ジャック医師は、医療品入れに使っている古ぼけた〈ノース・フェイス〉のバックパックをあけた。処方箋を一枚出した。「抗生物質です。ホテルで記入を手伝ってもらってください」

処方を書き入れて、ジョシュに渡した。それから、もう一枚書いて、マーラに渡した。

「これはなに?」マーラは訊いた。「予備?」

「男女二人とも必要です」

「わたしたちはセックスしていないのよ」

医師はなにもいわず、バックパックのジッパーを閉めた。

カーファーにジョシュのそばにいてもらい、マーラはフロントへ行って、処方箋の記入を手伝ってもらった。コンシェルジュにそれを渡してから、ホテルの周囲を歩いて、街のようすを知ろうとした。

この時間はいつもかなり混雑するロビーのラウンジには、ほとんど人がいなかった。スーツケースをいくつも置いたソファでもじもじしている子供を二人連れた、不安な面持ちのヨーロッパ人の女性だけが、唯一の宿泊客だった。

そのホテルのカビン・チャイニーズ・レストランは、東南アジアで最高の広東料理レストランの一つと見なされている。ピーター・ルーカスは、そこの魚介類の点心をべた褒めしている。最上階のクラブ・ラウンジは、川を見おろすテーブルすべてが空いていた。数人の客は、バーの近くで寄り固まっている。

陽が沈んだところだった。ふつうなら、川とその付近の街はすばらしい眺めのはずだった。いたるところで明かりが輝きはじめ、眼下を船が通り過ぎる。だが、いまは灯火管制が行なわれている街しか見えない。薄暗くなるなかを通過する船は、ただの黒い影だった。対岸は、でこぼこなテーブルに乱雑に置かれてプレイヤーを待っているカードのようだった。

マーラが地平線を眺めていると、ウェイターがやってきた。「もうじき明かりは消されます」英語で注意した。「戦争のための規制です。なにかお飲みになりますか？」

「いいえ。結構よ」たちまち飲みたくなったが、マーラはそういった。「もう行くわ」

マーラが部屋に戻ると、カーファーとジョシュはテレビを見ていた。ニュースキャスターは、〝栄えある部隊〟が、〝卑劣な侵略者〟に対して〝勇ましい勝利〟を収めたという記事を読みあげていた。ベトナム語の放送だが、ほぼ正確なテロップが画面の下を流れていた。

「おれたちが思ってたよりも、状況は悪いにちがいない」カーファーがいった。「早くも勝利を宣言しているようでは」

カーファーは、持っていたビールを飲み干し、ミニバーにもう一本取りにいった。

「ほどほどにしておいたほうがいいわ」マーラはいった。

「運転するわけじゃない」

缶ビールが、大きな音をたててあけられた。カーファーはごくりと飲んでから、デスクへ行き、上の引き出しからメモ用紙を出した。

ここは盗聴されているか？　と書いた。

「たぶんね」マーラは答えた。

「いつここを出る？」

それが問題だと、マーラは思った。かがんで書いた。じきに家に電話する。それでわかる。

「そうか」カーファーがいった。

何分かかかる。盗み聞きされないところを見つけないといけない。

カーファーが、マーラの背中に手を置いた。マーラは飛びあがりそうになった。

「できるだけ早く出たほうがいい」カーファーはささやいた。

マーラは背すじをのばした。「そうね」

カーファーが、メモ用紙を引き寄せた。一緒に行こうか？

「一人でだいじょうぶ」

「彼女、そんなに醜くないぞ」マーラが出ていってから、カーファーはジョシュにいった。

「醜いなんていってない」

「だけど、そう思ってるだろう。あんたは頭のいい女が好みだな」

「好みなんかない」

「あるさ。誰にだってある」

「素っ裸、酔っ払ってる。その順番だ」カーファーは笑い、椅子に腰かけた。「彼女、おれが好きなのさ。どう思う？」

「あんたの好みは？」

ジョシュは肩をすくめた。

「あんたも狙ってるのか？」カーファーが、また笑った。「心配するな、ジョシュ。ここにしばらくいるようなら、あんたのお相手を見つけてやるよ。この街にも女は山ほどいる」

「うーん」

「それで病気になったのか？」

「ちがう」

「ほんとうに？」

「ああ」

「飲んだもののせいかもな。でも、残念だ。金を出さなきゃならないんなら、せめて食い物を楽しまないと」

マーラは、ホテルの前の道路を渡り、川とのあいだの公園の縁を、北に向けて歩いていった。近くの船着場に、海軍の哨戒艇が係留されていた。木立のあいだからそれをちらりと眺めながら、通り過ぎた。

サイゴン川を渡るフェリーの荷揚げ用斜路の入口近くに、ベンチがあった。近くに誰もいなかったので、マーラはそこに座り、衛星携帯電話を出した。

ダイヤルすると即座にデビアスが出た。「枕をちゃんとふくらませてあったかな」

「サービスは最高」マーラはいった。「わたしたちの便のほうは、どうなったの？」

「まだやっているところだ。レーダーにひっかからないように気をつけている」

「なにをいっているのよ、ジェシ。馬鹿いわないで。いいから、早くここから連れ出して」

デビアスが、ゆっくりと長く息を吸った。不屈のプロフェッショナルの声を出すときには、いつもそうする。案のじょう、そのあとの口ぶりは、現実離れした落ち着きようだった。

「われわれはきみたちを連れ出す。政治がいろいろとからんでいてね、マーラ。そっちだけじゃなくて、本国のほうでも」

「政治なんかくそくらえよ」

「疲れているのはわかっている。落ち着いてくれ」

「疲れてなんかいない」マーラはいった。「ジョシュはぐあいが悪いのよ。尿路感染症らしいの。医者は、腎臓に達しているかもしれないといっているわ。早く運び出さないといけない」

「薬は手に入れたか？」

「それはやっている。問題はそのことじゃないでしょう」

「明日、空港が再開される。飛行機が到着する。きみらは脱出する。ひと晩、ゆっくり眠ればいいじゃないか。それがきみには必要だ」

政治。CIAの誰かが、ジョシュや自分が脱出するのを望んでいないのかもしれない、とマーラは思った。ベトナムが叩き潰されるのを見たいのだろう。あるいは、アメリカ人数人が死んだほうが、自分たちが進めようとしている目的に役立つのか。

　ひょっとして、父親か叔父か兄がベトナムで死んだ人間が、画策しているのかもしれない。たいがいの人間にとって、ベトナムなど古代史にひとしい——しかし、近しい人間をその戦争で亡くしていたら、話はべつだ。個人的な遺恨は、一般に思われているよりもずっと、地政学の世界で起きていることに関係が深い。

「聞いているか、マーラ?」

「ええ」

「いいか、いまピコーンされている」デビアスが、秘話テキスト・メッセージで通信を受信しているという意味の隠語を口にした。「ルーカスが話があるそうだ。ジョシュとも話がしたいといっている。DCにいる」

「ジョシュはここにいないの」

「かまわない。呼び出せるか?」

「どうかしら? 眠っているかもしれない。ぐあいが悪いといったでしょう」

「わかっている……でも、呼べるかどうか、やってみてくれ。三十分後に連絡する」

「そのときには、何時に飛行機が迎えにくるか、教えてよ」マーラはいった。

「精いっぱいやっているよ」

5　ホーチミン市

狐《フー》女史の助手の同《トン》が、第五区のアパートメントの鍵を景《ジン》に渡した。ショロン、あるいは中華街という通称のほうが、よく知られている。景がまっさきに選ぶような地区ではなかった。しかし、景は文句をいえる立場にない。

午後八時から完全な灯火管制が敷かれると記された注意書きが、建物の入口に貼ってあった。愛国的な市民はすべて従わなければならない。同様のビラが、アパートメントのドアの下に差しこんであった。

寝室ふた間に広いリビングとキッチンという、かなりゆったりとしたアパートメントだった。家具も少し置かれていて、ベトナム式の低いソファやテーブルにくわえて、欧米式の安楽椅子が二脚あった。

「お茶でも飲もうか」景はいった。

ボーがお茶をいれるために、キッチンへ行った。景はついていった。

「このお茶はだめだ」戸棚を調べて、景は大きな声でいった。「飲んだことがある――どうも好みに合わない」

ボーがとまどって、景の顔を見た。

「通りに店がないか見にいこう」景はボーにそういった。「すぐだよ。行こう」

ボーが無言でついてきた。通りに出ると、景は説明した。

「おれたちの会話が、スパイに盗み聞きされる可能性が高い。もっと早く気づくべきだった。かなり用心しないといけない。あまりしゃべらないことだな」

「いつまでいるの？」

「わからない」景は正直にそういった。

携帯電話が鳴った。同からだった。

「対象は第一区にいる。川の近くだ。じきにもっと詳しいことを教える」

電話が切れた。

「人と会う用事ができた」景はボーに告げた。「戻ってくる」

「いつ？」

「すぐに。はっきりとはわからない。それまで、誰も信じないように」

「あなたを信じている」

景は、胸のうずきをおぼえた。自分こそ、ボーが断じて信じてはならない人間なのだ。だが、それを口にする勇気はなかった。

6

ホーチミン市

ジョシュはなにか食べるべきだとカーファーがいい、ルームサービスでハンバーガーとフライドポテトを注文した。用心のために、リトル・ジョーの部屋に届けさせたが、それでも熱々のがジョシュのところへ運ばれてきた。

網焼きのハンバーガーは、ジョシュが思っていたよりもずっとおいしかったので、すぐに平らげ、自分がひどく空腹だったことにびっくりした。

「ぼくちゃん。体力を維持するということを学んでおいたほうがいい」カーファーが、ビールをちびちび飲みながらいった。「体は炉なんだ。つねに熱くしておかないといけない」

「それでぐあいが悪くなったんだよ。食べたせいで」

「傷《いた》んだものを食べたからだ。それに、ぐあいが悪くなった原因なんか、どうでもいい。よくなるために努力すべきだ。戦争は耐久レースだからね」カーファーはなおもいった。「マラソンとおなじだ。あんた、科学者だろう。そんなことぐらい、知っているはずだ」

「アレルギーがあるんだ。食べられないものがある」

「ハンバーガーは？」

「ハンバーガーは食べられる」

「それじゃ、だいじょうぶだ。どんなアレルギーだ？」カーファーは訊いた。「花粉症みたいなものか？」

「そうだ。酵素と関係がある。花粉症とおなじようなものだ。リンゴが食べられない。ナッツも」

「ビールは」

「ビールはだいじょうぶだ」

　カーファーは、ミニバーのほうへ行った。

「サイゴンがフランスの植民地だったころから冷蔵庫にはいってたらしいフォスターか青島《チンタオ》か。チンタオは中国のビールだぞ。フォスターは缶、チンタオは罎《びん》だ」

「罎がいい」

「賢明な選択だ」カーファーは、ビールを出した。

「ねじってもあかない」ジョシュは、手を切りそうになった。

「貸してみな」

　ジョシュは渡した。歯でこじあけたとしても驚かなかっただろうが、カーファーの解決策はもっと品がよかった。もちろん、歯のためにもそのほうがいい――キャップをベルトのバックルに引っかけて、ポンとあけた。

「すぐに気分がよくなるさ」といって、カーファーはビールを差し出した。

ジョシュは、少し飲んでみた。冷たいビールが、苦く感じられた。

マーはソファで眠っていた。カーファーが毛布をかけてやった。

「あんなふうに眠れるといいのに」ジョシュはいった。

「眠ってるじゃないか。自分で気がつかないだけだ」カーファーはいった。椅子を引き寄せ、そっくり返った。「科学者で満足か？」

「科学者で？　ああ」

「どうして」

「つねに新しい発見がある」

「天気のことは？」

「植物が天気とどう影響しあっているか。人間が植物とどう影響しあっているか」

「おれたちは植物を食べる」

「あればね」

「植物はうんとこさあるぞ、ぼくちゃん」

「そうでもない。それでこの戦争が起きた」

「石油だよ。ほかの国よりもずっとガソリンが安いのに気づいただろう？　満タンにするのに、一〇〇ドルもいらないんだ」

「政府の補助があるからだ」

「そりゃそうさ。共産主義国だからな。だが、それができるのは、海上油田があるからだ。

アメリカのガソリンの値段を知ってるだろう。政府が補助できると思うか？」

「いや。でも、アメリカは共産主義国じゃない」

「いまのところは」カーファーはいった。

「ほんとうに食糧が原因なんだよ」ジョシュはいった。「中国は旱魃《かんばつ》なんだ。三年続いて、穀物生産が前年の半分に落ちこんでいる。米にすると、ものすごい量だ」

「それで？」

「ベトナムは、一年に二度も三度も収穫できる」

「天候のせいなんだな？」

「ある程度は。種の改良や、栽培法も関係している。それで戦争が起きたんだ。食糧のために」

ドアにノックがあった。カーファーが、拳銃を抜いて見にいった。「なんだ？」

「マーラよ。入れて」

カーファーは、ドアを細目にあけて、廊下を覗き、マーラを入れた。

「なんでビールなんか飲んでいるのよ」ジョシュを見てすぐに、マーラが食ってかかった。

「病気なんじゃないの」

「頼むから、かわいそうなぼくちゃんをいじめる女教師にならないでくれ」カーファーはいった。「元気を出そうとしてるんだから」

「どういうこと？　あれはＳＥＡＬの薬？」

カーファーは、にやにや笑った。だが、マーラはまだ怒っていた。

「薬が届いたって、下で聞いたけれど」マーラがいった。

「リトル・ジョーが持ってきてくれた」ジョシュがいった。

「その薬を見せて」

「まったく、女教師そのものだ」カーファーがいった。

ジョシュが、薬壜を渡した。

「ペニシリンのたぐいだ」カーファーがいった。「おれも調べた。おれが毒を飲ませるとでも思っているのか」

「ビールを飲ませた」

「体にいいんだ」

マーラは目を剝《む》いた。「ビールを置いて。これから歩かなきゃならないのよ」ジョシュに訊いた。「歩けると思う？」

「歩ける」

「どうしたんだ？」カーファーが訊いた。

マーラは、口を指差した。部屋が盗聴されているということを一同に伝えているのだと、ジョシュは推測した。次にマーラは襟からイヤホンを出してみせて、無線機の電源を入れていることを教えた。その間に、ジョシュは靴を履いた。

スティーヴンズとリトル・ジョーがロビーに座っているところに、ジョシュとマーラがおりてきた。SEAL隊員二人は、ホテルを出る二人をめだたないように護るために、数メートル離れて道路を横断した。

もうすっかり夜になっていた。市内のビルは、すべてではないにせよ、ほとんどが灯火管制の規則に従っていた。だが、空が晴れていて、木立のあいだから川が見えるくらいの明るさはあった。舗道を数人が歩いていて、顔を伏せ、一行とすれちがった。だが、北に進むにつれて、川岸近くに人だかりができていて、話をしたり、川面を見つめたりしているのが見えた。手をつないでいる若いカップルもいた。

「逆方向へ行きましょう」マーラはいった。「さっきより人がふえているわ」

向きを変えてひきかえし、船着場に係留されている海軍艇のそばを通った。マーラはジョシュの手を握り、指をからめた。それから、ジョシュのほうへ顔を近づけた。

「だいじょうぶ?」とささやいた。

「うん」

「足が遅くなっている」

「だいじょうぶだ」

「話を聞かれにくい場所を探しているの。平気?」

「平気だ」

「わたしの上司と話をしてもらうわ。ピーターと。かまわない」

「いいとも」

マーラはジョシュを導いて、木立を抜け、川岸の岩場へ行った。腰をおろすとすぐに衛星携帯電話を出した。ジョシュが岩に肘をついて上半身をそらし、くつろいでいるふうをよそおった。

確かにさっきよりもだいぶ気分がいい。カーファーのいうとおりにビールを飲んだおかげかもしれない。

小さな漁船が二人のほうに近づいてきた。そばまで来ると、甲板のなかごろにあるカンバスのテントから女が出てきて、舳先《へさき》へいった。手になにかを持っている。ジョシュは一瞬不安になり、銃かもしれないと思った。だが、それは綱だった。ジョシュの約三〇メートル右手の船着場に、船を舫《もや》おうとしているのだ。

「ピーターが話があるそうよ」マーラは、衛星携帯電話を渡した。

「はい」

「ジョシュ、ぐあいはどうだ？」ピーター・ルーカスがいった。

「だいじょうぶだ」ジョシュは答えた。「少し疲れた」

「ビデオになにが写っているかは聞いた。マーラに渡したファイルのことだ。信じがたいな」ルーカスはいった。「なにもかも」

「役に立つといいんですが」

「役に立つとも。ここにきみと話がしたいというおかたがいる。かまわないかな？」

「ええ、まあ」

カチリという音がした。べつの人間の声。少し大きく、明瞭だった。

「ジョシュ・マッカーサーかね？」

「そうです」

「こちらはジョージ・グリーンだ。うちの連中は、ちゃんときみの世話をしているかな？」

「大統領？　グリーン大統領ですか？」

「そうだよ。ちゃんと世話してもらっているかな？」

「ええ、彼女も、みんなも——わたしは元気です」

「よかった。一部始終は聞いた。まったく悲惨だな。恐ろしいことだ」

「そうですね」

「静止画像と動画があるんだね？」

「はい、大統領」

「それを手に入れた方法を教えてもらえるかな？」

「えー、その、小型のフリップ5ビデオカメラです。画質はあまりよくないですが、スナップ写真やちょっとした動画が撮れます」

「動画を撮ったとき、どこにいた、ジョシュ？」グリーンが質問した。

「わかりません——ベースキャンプにいましたが。みんなが……それで、この村を抜けたときに。どれほど離れているかは、わかりません」

「しかし、ベトナム領内であることは確かなんだな？」

「はい、大統領。キャンプは、国境からかなり離れていました。その、三キロほどです。いや――よくわかりません。五キロだったか」舌がもつれそうで、馬鹿みたいだと思った。目を閉じて、集中しようとした。「たしかにベトナム領内でした。あの晩――進んだときに、北の国境を見ました。そのあとずっと、ベトナム側にいました。高いフェンスがありました。警備兵もいた。やがて、車列が南下してきました。ベトナム軍の車両をよそおっていましたが――」

「科学者キャンプでは、抵抗はあったのか?」

「いいえ。その――くしゃみで目が覚めて、えー、わたしは、あの、あの――」

「用を足しに出た」グリーンが、冷ややかにいった。

「ええ、そうです。とにかくキャンプから離れ、くしゃみがとまらず、仲間を起こしたくなかったので、ジャングルにはいりました。そのあと、銃声が聞こえたんです」

「調査隊は武器を持っていなかったのか?」

「持っていませんでした。わたしの知るかぎりでは。ベトナム人民軍の兵士が数人、付き添っていましたが、もう眠っていました」

間があった。一瞬、ジョシュは電話が切れたのかと思った。

「ジョシュ、きみが帰ってきて話をするのが待ちどおしい」ルーカスがいった。「だいじょうぶだね?」

「ええ、もちろん」

「じきにうちに帰れる。マーラとかわってくれ」

「ええ。その、ありがとう」

「礼には及ばないよ」

7

南シナ海　ミサイル駆逐艦〈マッキャンベル〉

〝戦いにおいて豪勇〟。

いい言葉であることはまちがいない。軍艦にうってつけの隊是《モットー》だ。しかし、試練を受けるまでは、ただの言葉でしかない。

ダーク・〝ハリケーン〟・サイラス中佐は、自分の駆逐艦の隊是を思い浮かべながら、艦橋を大股に歩き、女性操舵《そうだ》員と、彼女が仕事をやるのに必要な操縦装置や計器盤の連なりに、用心深い目を向けた。サイラス中佐の郎党《ファミリー》全員——および、そのファミリーが乗り組む満載排水量九〇〇〇トン以上のミサイル駆逐艦——とおなじように、その兵曹は仕事熱心でてきぱきしていた。両眼は油断なく、髪はじつにきちんと整えてある。

サイラスは足をとめて、艦橋の窓から闇を覗きこんだ。前方には茫漠《ぼうばく》とした海がひろがっている。どう見ても、大海原には〈マッキャンベル〉一隻しかいないように思えた。宇宙にただ一隻の艦《ふね》が、孤立し、最大速力に近い三〇ノットで航行しているという感じだった。

だが、見かけには騙《だま》されやすいものだ。右手の水平線の向こうには、中国の巡洋艦とフリゲートが一隻ずついて、〈マッキャンベル〉の動きを追っていた。その巡洋艦は、最近就役した空母二隻に次ぐ、中国海軍の最新鋭艦だった。ウクライナがスクラップと称して二年前に中国に売却した〈マスクヴァ《モスクワ》〉を大幅に改修したもので、先ごろ物故した主席にちなんで〈温家宝《ウエン・チアパオ》〉と名づけられた。全長一八六メートル、全幅二一メートル弱で、〈マッキャンベル〉よりもかなり大きい。この巡洋艦〈温家宝〉は、NATOがSS‐N‐12と呼ぶ、長射程のP‐500バザルツ対艦巡航ミサイルを十六基以上搭載している。有効射程は約五五〇キロメートルに達する。

　P‐500は、たいがいの艦船をたやすく撃沈できる無敵の脅威だった。だが、〈マッキャンベル〉のイージス・システムは、この手の脅威に対処するよう特別に設計されている。姉妹艦であるアーレイ・バーク級の各艦とおなじように、P‐500一基に対して一分以内に四基のSM2ブロックⅣ対空ミサイルを発射できる。きわどい対艦ミサイル防衛ではあるが、〈マッキャンベル〉に処理できないことではない。

　サイラスは、それをよろこんでやるはずだった。

　四方を囲まれた艦橋から、張り出し甲板に出た。波のはるか上のそこに立つと格別な気分で、最初の〝ほんものの〟大航海から二十年あまりたっているにもかかわらず、いまだに不思議な魅力がある。風、光、空気中の潮気を含んだ飛沫を五感で感じる、というだけのことではなかった。危険を冒した昔の船長や水夫、英雄的な偉業を生み出す刺激を与えた戦士たちなど、思春期にものの本で読んだ人びととの結びつきが感じられた。

　大人になってからそうした物語について考えると、ずいぶん潤色されていたことが多かったとわかった――苦難もあれば、失敗もあったのだ。海と闘った人びとは、かならずしも勇敢ではなかった。敵の大砲を目にしても、かすかな背反の気持ちが兆したことはないと否定できる人間は、どこにもいない。だが、そうしたことが省かれていたのは、さして重要ではなかった。全体として、それらの物語は、仔細に記された航海日記よりもはるかにはっきりと、人間性についての真実を描いていた。

とにかく、サイラスがこうあるべきだと思う人間性が描かれていた。

残念なことに、英雄が活躍した日々は消え去った。海軍は、冷戦中とは一変している。まして、風をはらんだ帆が鋭く鳴るだけで船乗りに天気のことがわかった時代は、遠い昔のことだ。艦長一人と乗組員たちが、運命をわが手に握るなどという発想は、古風で趣《おもむき》があるどころか、いまでは見捨てられた突飛な考えでしかない。〈マッキャンベル〉は、完備した通信システムやセンサー類で、外界とつながっている。サイラスの司令官は、モニターを見て、たちどころに〈マッキャンベル〉の位置を知ることができる。

国防総省《ペンタゴン》の半分の人間も同様だ。

〈マッキャンベル〉のトマホーク巡航ミサイルや強化型スタンダード・ミサイル（SM2ブロックⅣ対空ミサイルのこと）が、ペンタゴンの地下にいる事務屋の提督によって発射される日も、そう遠くはないだろう、とサイラスは思った。

「艦長、ちょっとよろしいですか？」

サイラスがふりむくと、先任将校（副長）のドロシー・リー少佐がそこにいた。

「忍び寄ってきたな、先任《エグゼク》」

「いいえ、艦長」

サイラスは、リーの声から揉《も》めごとを感じ取った。いつもなら、こんなによそよそしい態度ではない。

「話してみろ」サイラスは命じた。

「艦長、わたしたちの受けた命令では、カムラン湾に向けて進み、公海上にとどまるとされています。これは正しいですか？」

「命令はきみも明確に知っているはずだぞ」

「腹蔵《ふくぞう》のない話をするのを許可してください」

「おい、ドリー。そんなに杓子《しゃくし》定規にならなくてもいい。何があった？」

「これに関する裏情報は、あまりかんばしくありません」リー少佐は首をふった。まだ硬い口調で、言葉を入念に選んでいることが明らかだった。「DESRON《デスロン》が命令を伝えてきましたが、いたるところで停止信号が点滅しています。艦長、わたしたちはどうやら、政治的な罠《わな》にはめられかけているようです」

DESRON（駆逐艦戦隊）とは、〈マッキャンベル〉が属している艦隊のことだ。四カ月前に〈マッキャンベル〉に乗り組むまで、リーは戦隊司令官の幕僚として、かなり長いあいだ勤務していた。こちらの耳にはいらない情報をかなり聞いていることはまちがいない、とサイラスは思った——それも指揮権上の次級者である先任将校の仕事の一環だ。

「わかった。では、教えてくれ。裏情報とは、はっきりいってなんだ？」サイラスは訊いた。

「その」リーが言葉を切り、うしろを見て、ほかの乗組員に聞かれていないことを確かめた。

「大統領は戦争を始めたくてうずうずしているという意見が多いんです。中国はベトナムの海上封鎖を宣言しました。わたしたちが受けた命令は、基本的にそれをためすものです」

「命令にはそんなことは書かれていない」

「確かに、はっきりと書かれてはいません。でも、言葉と言葉を足せば、そういうことになります」

サイラスは、右舷《うげん》を向いた。「あれが見えるか、ドリー？」

「なにも見えません」

「中国艦が二隻、われわれを尾行している」

「それは知っています」

「数百海里北には、中国の空母任務部隊《タスク・フォース》がいる」

「ええ」

「その二隻の艦長は、われわれに存在を知られていることを承知している。しかし、まだ攻撃してこない。なぜだかわかるか？」

「米中が戦争状態にはないからでしょう」

「攻撃すれば、二隻とも撃沈されるとわかっているからだ。要するに力の問題だよ、ドリー。こちらのほうが強いことを、向こうは知っている。だから攻撃しない。だからわれわれはカムラン湾に行く。必要とあれば、その奥にも」

「よくわからないのですが、艦長。どういう理屈ですか」

「われわれは、恐れていないことを示さなければならない。さもないと、一年後、いや半年後には、中国はわれわれを攻撃するのをためらわなくなるだろう。そうなったら、ほんとうに事態は深刻化する」

8

ホーチミン市

アメリカ人が東海《ドンコイ》地区へ行ったのは、景《ジン》にとって驚くにあたらなかった。そこの繁華街には、大手の外国のホテルが集中しているし、観光名所も多い。外国人がもっとも多い地域で、ターゲットを見つけるのはむずかしい。

往来はきわめてまばらで、ショロンを出るまでは、街路に出ている警官や兵士はほとんど見かけなかった。川のそばでは、警官の数が急激にふえた。封鎖されている道路もある。グエンティミンカイ——その地区を抜ける目抜き通り——に達すると、検問にひっかかった。

「どうして道路に出ている?」スクーターを停止させた警官が、厳しい口調で訊いた。「自宅にいなければならないはずだ」

「仕事に行くんです」景はいった。「女房にも、おなじことをいわれましたよ」

「どこで働いている?」

「〈ブンチャー・ハノイ〉」景は、ブンチャーという麵料理《めん》で名高いハノイの店の名を口にした。

「閉店しているはずだ」といったが、警官は書類も見ないで手をふり、景を通した。

同《トン》に教えられたのは、一・五キロメートル以上の細長い地域で、もっと情報がないと科学者を見つけ出すのはきわめてむずかしかった。景は、川に沿ってゆっくりと進むことにした。見つけられると思ったからではなく、同がさらに情報を伝えてきたときに近くにいたほうがいいからだ。

その半分も進まないうちに、また検問にひっかかった。河岸に沿ってのびているベンチュオン通りに軍のトラックが二台、横向きに駐めてあった。この検問所はとうてい通れないので、景は西に引き返し、駐車できる場所を見つけて、徒歩で移動しはじめた。

一ブロック進んだとき、電話が鳴った。

「バチュダン埠頭の近くにいる」同がいった。「まだ通話中だ」

景は、走りたい衝動をこらえた。まさにその方角に向けて歩いていた。埠頭まで三ブロックしかない。

いつもならこの時間は混雑しているはずのベンチュオン通りを横断した。向かいにベトナム人の小さな人だかりがあった。河岸沿いの公園に集まっている。公園内の水辺に近いほうにも、もっと集まっていた。まるで大道芸かなにかの催し――たとえば花火――が始まるのを待っているようだ。通りすがりに、景は話をちらりと聞いた。しゃべっているのは、戦争や自分たちが巻きこまれている危険のことではなかった――仕事や義理の家族の無作法な態度のことだった。

景は国連のウェブサイトでジョシュ・マッカーサーの顔写真を見ていたが、何者が一緒にいるのかは定かでなかった。前線の後方で兵士の一団がマッカーサーを救出したが、何人いたのかは皆目わからない。

マッカーサーがかろうじて逃れたときの銃撃戦にくわわっていたのは、六人前後だろう、と景は思った。それが一緒にいると予想しておくべきだ。

護衛がいようが、任務達成を阻止される気遣いはない。むしろその逆だ。護衛が一緒にいれば、マッカーサーを見つけやすい――欧米人はたいがいベトナム人よりも一〇センチ近く背が高いし、それが何人も固まっていたら目につく。

景はフェリーのターミナルに向けて、北へと歩いていったが、対象とおぼしい人間は見つけられなかった。向きを変えて、こんどは人だかりに近いほうを進んでいった。

マッカーサーがこの地域から電話をかけたとすると、近くのホテルに泊まっている可能性が高い。ブロックに何軒ものホテルが連なっているし、その裏手にもまだ何軒もあるだろう。埠頭とフェリーのターミナルのあいだをもう一度歩いてから、一軒ずつ調べようと思った。

任務のむずかしさを痛感していた。とにかく意識を明晰《めいせき》にして、目の前の作業に集中しようとした。

だが、ボーのことを考えていた。

狐《フー》女史と会うときにボーを連れていったのは、まちがいだった。

ボーの身が危険かもしれない――いや、まちがいなく危険だ。狐女史がはっきりとそういった。

これはアパートメントから引き離すための罠かもしれない。そうにちがいない。

その疑いが頭に浮かんだとき、近くの岩場から登ってくる二人の人影が目にはいった。背が高い。外国人だ。一人が電話をしまっている。

遠くて見分けられなかったが、ジョシュ・マッカーサーにちがいないと、即座に判断した。


「これからどうする？」川岸からあがりかけたところで、ジョシュはマーラに尋ねた。

「少し眠る。迎えの便は朝一番に来るはずよ。気分はどう？」

「まあ、小便をちびったみたいだ」

「ちびったの？」マーラは笑った。

「ああ。ただ——みぞおちと脇腹が痛いけど、前よりだいぶよくなった」

マーラは手を挙げて、ジョシュの胸をつかんだ。

「我慢しなさい」と命じた。


二人のうち一人は女だと、景は気づいた。

そんなはずはない。
三、四メートル離れていた。暗いので顔は見えない。
拳銃はシャツの下のベルトに挟んである。

二人？　二人だけか？　男と女？

勘が狂ったようだ。

それでも、まちがっていないように思えた。

見つけたいという焦りに騙されたのか。

二人が足をとめるのが見えた。景も立ちどまったが、できるだけそばに近づこうと肚を決めた。だが、一歩踏み出したとき、うしろから誰かがぶつかってきて、地面に押し倒された。

「おい！」その男が、英語で叫んだ。やけに馬鹿でかい声だった。「気をつけろ！　なんのつもりだ？」

景は転がって逃れた。男はアメリカ人だった。体臭があり、醜い。

「財布が！」男がわめいた。「助けてくれ！　財布がない！」

勘は当たっていた——この男は科学者の護衛チームの一人にちがいない。観光客に化けているのだ。

景は右手を見た——男と女の姿はなかった。

「ごめんなさい。ごめんなさい」景は両手を差しあげて、立ちあがった。英語でしゃべっていた。「ごめんなさい、旦那さん。許してください」

男がわめいているあいだに、あとずさりで遠ざかった。

マーラがジョシュの手を引いて公園から出るときも、リトル・ジョーがうしろで叫んでいた。

「どうしたんだ？」ジョシュが訊いた。

「足をとめないで」

きいきい声が、通りの近くにいた。「支障なし《クリアー》」チームの無線機で伝えた。「女スパイ？」

「ええ、だいじょうぶ」マーラは応答した。「わたしたちが見える？」

「ああ、見える。スティーヴンズが、あんたたちの左手にいる」

「わかった。見えた。無線機を隠す」マーラはそういって、イヤホンを襟の下に入れた。

「ホテルに戻るわ。ほかに誰か見える？」

「見えない。なかにはいれ。おれたちが見張ってる」

二人は裏口からホテルにはいり、エレベーターを使う危険を冒したくないので、十五階まで階段を登った。部屋のある階に着いたときには、ジョシュは蒼ざめていた。

カーファーが、部屋で出迎えた。「何があった？」

「わからない」マーラはいった。

カーファーがメモ用紙をマーラに渡した。

その男がわたしたちを跟《つ》けていたと、リトル・ジョーは考えたの。

一人か？　と、カーファーが書いた。

ほかにもいたかもしれない。

あんたはその男を見たのか？

見ていない。でも、リトル・ジョーがぶつかった。顔を憶えているはずだ。

ここを出たほうがいい。

賛成。

わーお、反対しないのか?

「やめてよ、海軍さん」マーラは書いた。

マーラはバスルームへ行き、顔に水をかけた。ぶらついていたただの通行人で、運悪く近づきすぎたのだろうと思った。だが、いま警戒をゆるめるのは得策ではない。スパイということもありうる。サイゴンには中国のスパイがうようよいる。

スイート・ルームに戻ると、マーラはベトナムの地図を出して、椅子に座った。車を回収し、カンボジア国境へ行ってもいい。カンボジアの米大使館員が、プノンペンまで行く手配をしてくれるだろう。そこから空路でタイへ行き、帰国する。

「どうして地図を眺めているんだ?」カーファーが訊いた。

マーラは首をふった。部屋が盗聴されているかもしれないので、なにもいいたくなかった。

「ペントハウスのクラブがある」そこで話をしようと、カーファーがほのめかした。「外の空気を吸おう」

「そうね」マーラは、ベッドに寝ているジョシュのほうを見た。「一緒に来る?」

「マーのそばにいてやりたい」

「連れていこう」カーファーが、マーのほうへ行って、両腕に抱えた。

ジョシュが、のろのろとベッドから起きあがった。エレベーター二台に分かれて、四人は上へ行った。

「全員一緒のほうが、警護しやすい」クラブに着くと、カーファーが説明した。

厳密には、クラブは閉店しているはずだった。しかし、十数名の客が、暗い色の花瓶に立てた小さな蠟燭《ろうそく》に照らされたテーブルを囲んでいた。マーラが先に立ち、先刻見たガラス戸のほうへ行った。ドアをあけると、河岸通りを見おろす狭いテラスがあった。

「気持ちのいい夜だ」カーファーがいった。

「きれいね」マーラは、広い中庭の縁まで歩いていった。ひと組の恋人たちが、テラスの反対側で南の遠くを見つめている。アメリカ人三人とマーを除けば、ほかには誰もいない。

「で、あんたの考えは」カーファーが訊いた。

「さっさとここを出たほうがいいかもしれない」マーラはきっぱりといった。「車で国境を越える。二時間ぐらいで行けるはずよ」

「ありとあらゆる階層の難民が押し寄せるということは、考えなかったのか？　たいへんな騒ぎだろうよ。空港が閉鎖されたからなおさらだ」

「そうは思わない。ここでは、戦争をそんなに深刻に受けとめていないみたいに見える。無視しているわ」

「ガソリンは手にはいるのか？」

「わからない。バンコク支局が手配してくれるかもしれない」

リトル・ジョー、きいきい声、スティーヴンズが、食べ物とビールを山ほど持って、テラスに出てきた。尾行されていないことを確認するために、街の半分を歩きまわり、食料品を買って戻ってきたのだ。

「ビールを飲みすぎるんじゃないぞ」袋から二本出しながら、カーファーがいった。「今夜、移動するかもしれない」

「公園の男は何者？」マーラは訊いた。

「ただのつり目かもしれない」リトル・ジョーがいった。「でも、近づこうとしていた。いやな感じだった」

「おまえ、誰かをぶん殴りたかったんだろう」きいきい声がいった。

「かもな」

「東洋人をつり目というのはやめなさい」マーラはいった。

カーファーが、にやにや笑った。

「で、出かけるんですか、隊長？　どうなんです？」スティーヴンズが訊いた。

「おれと女スパイで検討してるところだ」カーファーはいった。「おまえたち、少し休んだらどうだ。一時間後に出発だ」

「ちぇっ、一時間か」スティーヴンズがいった。「居眠りにも足りやしない」

「休憩しろ。なんなら起こしてやる。ジョシュとお嬢ちゃんも連れていってくれ」カーファーは、ジョシュに向かっていった。「いいな？　少し眠れ。移動するようなら起こす」

「わかった」ジョシュがいった。

「なにがおかしいの？」一行が去ると、マーラは訊いた。

「なにが？」

「つり目」

「ああ、勘弁してくれよ、女スパイ」

カーファーの背後の空の端で、黒い線が大きくなるのをマーラは見た。自分の見ているものがなんなのか理解できず、一瞬目を瞠《みは》った。まるで空に折り目ができ、その折り目が弧を描いてのびてゆくように見えた。ホテルの下のほうに向けて、折り目が急に下降した。

カーファーがふりむき、マーラが何を見つめているのかを確かめようとした。

黒い線がぶつかったところで、白い光がひらめいた。破裂音がやや遅れて届いた。ホテルがその衝撃で揺れた。

「くそ」カーファーはいった。「また来るぞ。あれだ」

ミサイルはすべて、空港を目標にしていた。間を置かずに三基が着弾した。オレンジと赤の巨大な炎が、遠くで噴きあがった。

遠いジェット機の爆音を、マーラは聞いた。空爆でミサイル攻撃の仕上げをやるつもりなのだ。高射砲の射撃が開始された。遠くで大きな閃光《せんこう》がひろがった——地対空ミサイルが発射されたのだろうと、マーラは推測した。サイレンが甲高く響いた。

「これでここの連中も、戦争を無視するのはむずかしくなったな」と、カーファーがいった。

9

ヴァージニア州　CIA本部

ピーター・ルーカスは、キ印コーナーという異名があるCIA本部にいるのが大嫌いだった。世界でなにが起きていようが、このビルの人間はすべて局内の政治を最優先しているように思える。

もっとも、最上階の連中の場合は、事情がちがう。それにくわえて、政権の政策にも気を揉んでいる。

しかし、現場から呼び戻されたルーカスは、胡麻塩頭の現場諜報員という役割を精いっぱい演じた。いまの局内の意見がどうあれ、それを裏づけるために呼ばれたにちがいない。

ルーカスは、ガラス張りの廊下を歩いて、一階のスターバックスに向かった。上の階の仕事場でただのコーヒーが飲めるが、スターバックスで出される苦いコーヒーのほうが好きだった。

それに、息が詰まりそうな場所を出て、少し歩きたかった。

「調子はどうだ？」ルーカスが列にならぶと、ケン・コムズが訊いた。

「ぼちぼちだ」ルーカスは答えた。コムズが本部にいるのを見て、びっくりした。「そっちは？」

「積もる話があるよ。いってもどうにもならないが」

コムズの話の一部は、察しがついた。二人がバグダッドにいるときに、ＦＢＩとの軋轢《あつれき》で、アメリカ人二人が命を落とした。手順に従ってＦＢＩに状況を知らせたのがまずかったと、コムズは自分を責めた。しかし、知らせなかったら解雇されていただろう――それに、その場合でも、二人はやはり殺されていたにちがいない。

「しばらくいるのか？」ルーカスは訊いた。

「しばらくはね。あんたは？」

「わからない」

「そのうち、ビールでも飲もうか」

「いいね」

ルーカスはコーヒーを買って、ピーター・フロストＣＩＡ長官に提出する報告の要約を準備するために、デスクにひきかえした。ルーカスがフロストを好きなのは、長官になるとは思えない人間だったからでもある。フロストは現場課報員からの叩き上げで、工作本部長――秘密工作を指揮する職務――になってから、退官した。グリーン大統領の親しい友人であり、グリーンが大統領に就任した直後に、中央情報長官（ＤＣＩ）――ＣＩＡも含めた情報機関の長――に任命された。政治的な任命であることは確かだが、現場課報員の血統が長官をつとめるのは、じつに久しぶりだった。

その反面、フロストは二十年前にアジアで勤務しており、ルーカスがいま担当している地域の大部分を知っている。物事を認識する際には、その経験が色眼鏡になって、遠い昔に死に絶えたような事柄を根拠に、細かいことにまで口を出す傾向がある。

ルーカスは、マーラのことが心配だった。ホーチミン市からマーラたちを脱出させるのは、十二時間前には簡単至極に思えた。ところが現在は、報告によると、ベトナムの状況は急激に悪化しているという。空港が空爆を受け、カンボジアとの国境付近は大混乱に陥っている。国境を越えて逃げようとする国民に向けて、ベトナム人民軍が発砲しているともいわれている。カンボジア側の国境警備兵もおなじことをやっている。

ルーカスは、報告書を作成するのに与えられた小部屋に戻った。コーヒーを冷ましながら、この一時間の最新軍事情報を確認した。そのとき、駆逐艦〈マッキャンベル〉が、ホーチミン市に向けてまっすぐ航行していることに気づいた。まだかなり遠いが、ヘリコプターを送ってマーラたちを拾うことができない距離ではない。

少しの手間ですむはずだ。圧力をかけてやらせよう。

ルーカスはさっと立ちあがって、通信センターに行こうとした。コーヒーを取りに戻ろうとしたとき、デスクの電話が鳴った。

案のじょう、いつ要約ができるのかと、フロストのアシスタントがせっついてきた。

「もうじきだ」と答えて、コーヒーを持つと、ルーカスは廊下に飛び出した。

10

ホーチミン市

景悠《ジン・ヨウ》は、物思いにふけりながらお茶をすすり、眼前の闇に沈む平地を見渡した。爆弾の閃光と二次爆発により、夜の闇に白い街の景色がぱっぱっと浮かびあがる。それが地割れのような形を成し、まるで地中から攻撃されているのかと見まがうほどだった。背後の川から、河川哨戒艇《ガン・ボート》が射撃を開始した。まず効果はないだろうが、撃ちたくなる気持ちはよくわかった。なんらかの方法で反応し、自分たちがただの被害者ではないことを示す必要があるのだ。

それは永遠の悟りとはほど遠い、一時的な世界から生まれる空虚なふるまい——つまらない自尊心の顕示だ。それでも、その瞬間、景は自分をここに送りこんだ指揮官よりも、発砲している水兵たちのほうに、親密感をおぼえた。

禅師たちも、賢《さか》しらげにうなずくことだろう。

景は、フイン・ボーのことを思った。ボーを残してきたアパートメントは、景がいま座っている場所の南西、左手にある。攻撃されているのは北で、空港やその付近の軍事施設に集中している。

爆撃が三カ所で同時に行なわれた。巨大な赤い輝きが、遠くで噴きあがった。蠟燭の炎を見つめて瞑想するときのように心を無にして、景は強いまなざしをそこに据えた。意識が浮きあがって離れてゆく。雲になり、ゆっくりと山頂へ向かい、木立のあいだに浸透して、すべてを同化していった。

ターゲットを捉える。どこか近くにいる。

衛星携帯電話が鳴った。景は無意識にそれを手にした。

「はい」

「見つけたか？」同《トン》の声だった。中国語でしゃべっていた。

「川沿いの公園にいた。女が一人、アメリカ人の男が、少なくとも二人はいた。見失った。だが、まだ近くにいる。それが感じられる」

「おまえはどこにいる？」同が訊いた。

「ルネッサンス・ホテルの向かい」

「退避しないといけない」

景は答えなかった。

「どこかの建物の地下にはいり、空爆が終わるまでそこで待て」

景はそれでも答えなかった。

「やつを見つけるのを、われわれの配下が手伝う」不安のために、同の声はうわずっていた。

「いまは危険だ。空爆のせいばかりではない。戸外にいるのを兵隊に見咎《みとが》められたら、正気ではないと思われる。異常人物として拘束される恐れがある。戸外にいてはならない」

「仰せのとおりに」景は答えて、通話を終えた。

景が戻ると、ボーは依然として床に座っていた。ドアの鍵もかけていない。

景はボーの隣りに座った。空爆はもう終わっていた。星と月の明かりで、口に向けてなだらかな曲線を描いているボーの頬が見えた。その肌は人形のように瑕《きず》一つなく、輝くほど白かった。

「母を見たの」ボーがいった。「両手をのばして、近づいてきた。食べ物がないの」

「どうしてあげたんだ？」

「何もあげるものがなかった」

「いまはおれと一緒だ」

景はボーの体に、片腕をまわした。ボーがしなだれかかって、二人の体が重なった。二人の肺が強いリズムで空気を吸い、景の呼吸がボーの呼吸と合わさった。

地面が揺れた。ふたたびミサイルによる攻撃が再開された。今回は、着弾が近い。官庁を狙っているのだろうと、景は思った。一・五キロメートルくらいしか離れていない。ミサイルが起爆してすさまじい爆発音が轟《とどろ》くと、壁が持ちあげられたように見えた。どこか近くで、赤ん坊が泣いた。

景にしがみついているボーの体が震えた。景がボーをそっと床に押し倒し、二人は交わりはじめた。

11

駆逐艦〈マッキャンベル〉

「通信です、艦長」

サイラス中佐は、返事のかわりにうなり声を発し、受話器をかけた。昔もいまも変わらないことが、海軍にはいくつかある――何時にベッドにはいろうが、かならず誰かに起こされる。

今回は、ワシントンDCからの連絡によって。

もっと正確にいえば、メリーランド州郊外が発信源だった。サイラスがシークレット・Eメール・システムを起動すると、可及的速やかに東南アジア担当のCIA局員に連絡するようにという伝言があった。

サイラスは気を引き締めた。数分後には、ピーター・ルーカスと話をしていた。

「脱出させなければならない人間が、何人かホーチミン市にいる」ルーカスがいった。「飛行機で脱出する予定だったが、空港はかなり長期間閉鎖されそうだ。迎えにいってもらえないか？」

「サイゴンの港湾施設を調べないといけない」サイラスはいった。「しかし、問題はなさそうだ」

「どれぐらいかかる?」

サイラスは暗算した。「二十四時間以内、十八時間以上。少し短縮することも——」

「それでは間に合わないかもしれない。夜明けまでに脱出させてほしい」

「夜明け?」

「ホーチミン市は空爆を受けている。中国海軍が沿岸を南下している。できるだけ早く脱出させたほうがいい」

「本艦は、シーホークを二機、搭載している」サイラスはいった。「早朝にはそれを迎えに行かせるくらいに接近できるかもしれない。夜明けは無理だが、正午までには」

「やむをえない。降着場を探して、また連絡する」

12

ホーチミン市

一時間とたたないうちに、状況は最悪になった。空港が攻撃されただけならまだしも、街の中心部が爆撃されたため、パニックが起きた。北に面した窓から外を見ていたマーラは、火災が八カ所で起きているのを見てとった。西のほうではもっと多いだろう。軍、民兵、警察の車両が、なんの脈絡もなく走りまわっている。街路でときどき銃声が響いていた。街全体が、狂乱の巷《ちまた》と化している。

ホテルの従業員が、部屋から部屋へとまわって、緊急事態について〝特別な指示〟があるので集まってほしいと宿泊客に伝え、ホテルの大舞踏会室へ案内していた。すぐにホテルから逃げ出そうとカーファーが提案したが、当局の方針を見きわめるほうが賢明だと、マーラは判断した。それに、いまの街路は、あまり安全とはいえない。

大舞踏会室は、マーラが予想したほどには混み合っていなかった。ルネッサンス・ホテルの宿泊客は二百人もいなかった。通常の定員の三分の一から半分程度だろう。ホテル側が菓子パンやクッキーを置いたテーブルを出し、ソフトドリンクも用意されていた。ジョシュにしがみついていたマーが、クッキーをわしづかみにして頬ばった。

ホテルの従業員が一同のあいだをまわり、明るい話で盛りあげようとした。宿泊客が聞きたいのは、いつ出発できるのかということだけだったが、従業員には答えようがなかった。会話を明るくしようという努力は、かえって不安をつのらせただけだった。マーラはジョシュとマーのそばにいた。リトル・ジョーとスティーヴンズが、そのそばで背を丸め、交互におどけた顔をマーに見せていた。カーファーとその他のSEAL隊員たちは、宿泊客に交じりつつ、マーラたちを円陣で囲み、目を配っていた。

若いオーストラリア人夫婦が、マーラとジョシュに自己紹介をした。妻のほうが、朝食のときにお見かけしたわといった。

「ええ、まあ」マーラは答えた。この二人は諜報員のたぐいにちがいないと確信した。マーラたちもそうではないかと思い、興味を持ったのだろう。「サイゴンにはいつから?」マーラは訊いた。

「そんなにたっていません」オーストラリア人の妻が答えた。「戦争が始まる直前にいたんです。今晩までは、ほんとうに戦争をやっているなんて思えなかった。あなたがたは、いつからいらっしゃるの?」

「二週間前から」マーラはいった。「主人は科学者で」

「何をなさっているの?」

「生物学者です」マーラは、わざと事実を曲げた。「今夜は、体の調子が悪いんですよ。食べ物のせいみたいです」

「こちら、お嬢さん？」

マーが顔を隠した。

「養女です」マーラはいった。

「かわいいこと」

「ありがとう」

「この子、両親を亡くしましてね」ジョシュが、弁解するようにいった。

マーラは目を怒らせ、細かいことはぼかすようにと、目顔でジョシュをいましめた。

「宿泊客のみなさま」奥のほうに設置した小さな移動式演壇から、ホテルの支配人がいった。

「どうかご傾聴ください」

マーラはジョシュをそっと押して、オーストラリア人夫婦から離れさせた。手をのばして、少しいやがっているマーを抱きあげた。

「重たくなったわね」マーラは、ベトナム語でささやいた。

「クッキーをもっともらえない？」マーが答えた。

「シーッ、あとで取ってあげる」

「空爆があったことは、みなさんご存じですね――ホーチミン市に対し、二度の空爆が行なわれました」支配人がいった。かなりなまりの強い英語で、なにをいっているのかを聞き取るのに、マーラは神経を集中しなければならなかった。「そのためご不便をおかけして、申しわけございません。この空爆が重大な国際法違反であり、わたしたちが反撃に全力を挙げていることを、ご理解願いたいと思います。わたしたちの軍隊は、いまこの瞬間にも、中国軍を撃退しており……」

支配人は、ドアの近くにいるビジネススーツの男二人を、絶えずちらちらと見ていた。その二人が政府関係者で、支配人の話がそちらに向けたものであることは、想像に難《かた》くなかった。

「タンソンニャット国際空港は、明朝には再開されます」支配人の話は続いた。「そのときには、空港行きの無料バスが出ます。それには軍と警察の精鋭が護衛につきます。心配なさったり、警戒なさったりする理由は、まったくありません。みなさまの安全を最優先いたします。ありがとうございます。当ホテルに宿泊いただきましたことをお礼申しあげます。軽いお食事とお飲み物を、どうかお楽しみください」

宿泊客が、大声で質問しはじめた。支配人が演壇を離れようとした。ドアのそばの二人をちらりと見て、考え直し、質問に答えるために戻った。しかし、ほとんどは支配人にも答えようがない質問だった――電話はいつ通じるのか？ 中国軍はどこまで来ているのか？ 空港でどうやって飛行機に乗るのか？

マーラの衛星携帯電話が震動し、着信していることを教えた。

「行くわよ」ジョシュに指示して、目で合図した。

三人が廊下へ向かうと、ビジネススーツの男二人のうちの一人が近づいてきた。

「どこへ行く？」男が訊いた。男の英語はたどたどしくなく、なまりはあったが、よくわかった。

「お手洗いに行かないと」マーラは、マーを少し持ちあげて、この子がという仕種をした。

マーはずっとマーラの肩に顔をくっつけていた。

「あんたも？」

「ぼくも、男便所のほうに」ジョシュがいった。

男は顔をしかめたが、なにもいわなかった。うしろから男の足音が聞こえた。マーラがフロントを横切り、洗面所がある廊下へ向けて歩くあいだ、スーツの男はジョシュが洗面所にはいるまでついていくだろう。ふた手に分かれたくなかったが、しかたがない。

「一番奥の個室にはいって」マーラはジョシュに指示した。「カーファァーに、そこにいると知らせるから」

「ほんとに小便がしたい」

「よかったわね。いいから行って。自然にふるまうのよ」

「マーはだいじょうぶ？」

「早く行きなさいよ」

男が角をまわっていて、見られていた場合のために、マーラはジョシュの頬にキスをした。

それから、女性用洗面所にはいり、いちばん手前の個室でマーをおろした。

「カーファァー——聞こえる？　ジョシュが洗面所にいるの。誰かをよこして」

イヤホンを耳に当てると同時に、とっくにやっているると、カーファァーがうなるような声で応答した。

マーラは衛星携帯電話を出し、バンコク支局にかけた。デビアスがただちに出た。

「タイミングが悪い？」デビアスが訊いた。

「ホテルの経営陣が、ベトナムは戦争に勝つと説明しているのよ」

「ヴンタウまで行くのに、どれくらいかかる？」

「どこなの？」

「例の半島だよ。きみがスターリーを迎えに行った。RPGを向こうに届けようと……」

「わかった。わかった。行くわ。空港ね？」

「そうだ」

「閉鎖されていないでしょうね？　滑走路はかなり短いけれど」

「それは問題ない」

「いつ出られるか、わからないのよ。外出禁止令が敷かれているの。表から銃声も聞こえる。中国軍が部隊をパラシュート降下させたという噂《うわさ》を、SEALが聞きつけた」

「そんな馬鹿な」

「そうよね」マーラは、マーのほうを見おろした。マーはくたびれて、マーラのパンツの裾にしがみついている。生地を強く握り締めているせいで、指の付け根が白くなっていた。

「ガソリンが手にはいるかどうかわからない。それに、車が駐めた場所にあるかどうかも」

「新しい車を用意する」

「どうやって？」

「クリーンな車だ。心配するな」

「ジェシ、自信がない。公園にいた男――」

「マーラ、わたしだって猜疑心《さいぎ》が強いことでは、きみに負けない」デビアスがいった。「サイゴンにとどまるのは、賢明とはいえない」

あたりまえじゃないの、とマーラは叫びたかった。

「帰ってきたら、盛大にパーティをやろう」デビアスがつけくわえた。「それまでにヘルニアも治しておくから」

「車の場所を教えて」マーラはようやくそういった。「いつ出られるか、わからないのよ。考えないといけない。なんとかしてそこへ行くわ」

「きみなら行けるはずだよ、ダーリン」デビアスの声には、不安がにじんでいた。そこで、明るい声でつけくわえた。「電話してくれよ。ぐあいのいいときに行ってくれ」

ジョシュの頬のマーラにキスをされたところがうずいた。まるで、マーラの唇が、そこの部分の神経と短絡《ショート》を起こしたみたいだった。ベトナム政府の男が手を洗っているふりをしているあいだ、ジョシュは便座に腰かけていた。それとも、ほんとうに洗っているのかもしれない――ハンドドライヤーの風の音が三回聞こえてから、男は出ていった。ややあって、カーファァーが鼻歌を歌いながらはいってきた。

「教会行って、結婚しようよ～」

いかつい顔の大尉には似合わない歌だったので、ジョシュは吹き出した。

「けえっこお～ん、しようよ～」小便器に向かいながら、カーファーがくりかえした。

「おい」ジョシュはいった。

「流すのを忘れるなよ」

ジョシュは個室を出て、手を洗った。

「女の子たちは？」カーファーが訊いた。

「隣りだ」

「あんたら、ヤリたいんなら、その前に女の子をきいきい声に預けろよ」

ジョシュは真っ赤になった。ハンドドライヤーの下で手をふった。

「小便をするとき、まだ痛いのか？」カーファーが訊いた。

「ああ」

「先に行け」カーファーが、ハンドドライヤーの前に進んだ。「きいきい声が廊下にいる」

「こんなにくっついていないといけないのか？」

「みんなに仕事をやらせないといけない。さもないと、あんたとおなじ病気にかかるはめになる」

「ここから脱け出そう」カーファーがいった。「できるだけ早いほうがいい」

マーラは、大舞踏会室の軽食のテーブルに手をのばした。支配人の話は終わり、小規模な弦楽合奏団が、モーツァルトの曲を演奏していた。片隅で長身のフランス人とせわしなくしゃべっているオーストラリア人夫婦を含め、五、六十人が残っていた。

「出発は朝まで待つしかないでしょうね」マーラはいった。「市内は外出禁止令が敷かれている」

カーファーが、渋い顔をした。

「ベトナム人なんかなんとも思っていないことは、わかっているわよ。でも、銃には実弾がこめられている」

「市外に出られれば、あとは簡単だ」カーファーがいった。「それに、パトロールして、観光客を落ち着かせたり、脅しつけたりしてるだけだと思うね」

「それじゃ、銃声は？」

「馬鹿なやつがパニックを起こしたのさ。車はどこだ？」

「川の向こう。橋は封鎖されているにちがいない」

「それじゃ川を渡ろう」

「フェリーは運航されていない。泳ぐつもり？」

「もっと遠くまで泳げる。あんたと、ぼくちゃんと、女の子は、救命筏《いかだ》に乗せて、ひっぱっていく」

「ほんとうにやりそうね」

マーラたちは、それから三十分のあいだ、そこに残っていた。宿泊客がロビーに行くことは禁じられ、出入口にはすべて見張りがいると、スティーヴンズが報告した。上のラウンジへ行こうとしたが、ドアはすべて施錠されていたという。

「それに、この階の上は電気が切られている」スティーヴンズがいった。「部屋まで階段で行かないと」

「どのみち停電にならなかったのが奇跡だ」カーファーはいった。「屋根に出て、状況を見たい」

「クラブは閉店だ。鍵がかかってる」

「女スパイがあけてくれるさ。だろ、別嬪《べっぴん》さん」

「別嬪さんっていうのをやめればね」

「わかったよ、醜女《しこめ》ちゃん」

「性懲《しょうこ》りのない人ね」

「語彙《ごい》が豊富なものでね」

監視カメラは電動式で、電源がなければ作動しない。クラブにはいり、テラスに出るために、マーラは二カ所の錠前をピッキングであけた。どちらもむずかしくはなかった。リトル・ジョーとスティーヴンズを見張りに残して、全員が屋上に出た。眠っているマーは、きいきい声が運んだ。大男のきいきい声の腕に抱かれていると、マーはまるで人形のようだった。

ホテルから数ブロックのところで、大規模な火災が起きていた。付近の通りがオレンジ色に染まるほど火勢が強く、ビルのあいだに陽が沈んだように見えた。

「おだやかな夜だぜ」カーファーがいった。

「絵のような景色」と、マーラは応じた。

「なにが燃えているんだ？」ジョシュが訊いた。

「遠くのあれは空港」マーラは説明した。「備蓄燃料に引火したようね。手前のは官庁街でしょう。あれは天然ガスの火災。そっちのはただの大きいビル」

「火事の専門家なのか？」カーファーが訊いた。

「さんざん見てきただけ」

マーラは屋上のきわへ行って、川のようすを眺めた。近くに係留されていた河川哨戒艇は、北の水路の途中のあたりに移動していた。対岸には小さな船が何艘《そう》か舫ってあったが、川にほとんど船はなかった。ホテルの正面の通りは、閑散としていた。近くの交差点に、兵員輸送トラックが一台駐まっていたが、兵士の姿は見当たらなかった。

「くたびれた」ジョシュがいった。「部屋に戻るんだろう？」

「そのほうがよさそうね」マーラはいった。「朝になったら出発しましょう」

クラブに戻ろうとして、マーラはドアに向かいかけた。

「待て」カーファーが、無線機のイヤホンを押さえてそういった。「誰かが階段をあがってくる」

13

ホーチミン市

景《ジン》は、ボーと交わった莚《むしろ》に横たわり、夢のない眠りに落ちていた。街の北の燃料貯蔵施設と西の軍事基地を攻撃した最後の空爆は知らないままで、被害に対処するために急行する消防車や軍の車両の轟音《ごうおん》が響くなかでも眠りとおした。一時間以上たってから夜のしじまのなかで目を覚ました。起きてしまう原因はなにもなく、意識内のメカニズムが働いただけだった。目覚めると気分爽快《そうかい》になっていた。もっと若いころ、禅僧になるために修行していた山で迎えた何千もの朝とおなじように、平静で機敏だった。意識がなにをするかを決断し、それと同時に目が覚めた。

任務を完了したら、ボーを連れてミャンマーに逃げる。そこなら隠れ住む場所がいくらでもあるし、任務さえ達成されれば、上層部が追跡するようにと強く命じることもないだろう。孫《スン》上校（大佐）はちがうかもしれない。だが、それはまた、べつの問題だ。

ボーは景のかたわらで眠っていた。景はその背中に手を置き、そっと押した。これからの二人は一蓮托生《いちれんたくしよう》なのだと悟った。因果応報から逃れようとしてはならない。それを貫徹するのだ。

同《トン》に渡された携帯電話が鳴り出した。景は立ちあがり、それを持ってキッチンへ行った。

「景だ」

「対象を見つけた」

「どこだ？」

「できるだけ早く、レックス・ホテルの裏で落ち合おう」

「すぐに行く」景が答えたときには、通話は切れていた。

景が顔を起こすと、フイン・ボーがキッチンの戸口に立っているのが目にはいった。

「どこへ行くの？」ボーが訊いた。

「戻ってくる」

「一緒に行きたい」

「だめだ」

景は、ボーのそばをすり抜けていこうとした。ボーが景の胸をつかんだ。「お願い」

「安全じゃない。一時間で帰ってくる」

「嘘よ。嘘をつかないといったじゃないの」

「いつ帰ってこられるかはわからない」嘘をついたのは面目なかったが、同行させるわけにはいかなかった。「戻ってくる。出かける準備をしておいてくれ」

「あの人たちが見逃してくれるかしら」

「心配するな」景は一本指をボーの唇に当てた。

景には、待ち合わせ場所が不審に思えた――そこは街の中心で、アメリカ人を先刻見かけたところからは、かなり離れている。それに、そこへ行くには、空爆の被害を受けた地域を通らなければならない。

じっくり考えた末に、ボーを連れていかなければならないと、自分にいい聞かせた。いずれにせよ、ボーが残ってくれるとは思えなかった。

いますぐに逃げて、ベトナムを去り、ミャンマーへ行くことも考えた。しかし、彼らが裏切ったという証拠はないし、任務を果たす努力はしなければならないと、景は決断した。レックス・ホテルは北西にあり、三キロメートル以上離れていた。二人は手をつないでアパートメントを出ると、通りを進んでいった。一ブロックも行かないうちに、景は小走りになった。ボーも歩調をあわせた。

景の計画は単純だった。そこへ到着したら、そのビルの近くにボーを隠し、ことがすんだら迎えにいく。即刻、立ち去って、二度と戻らない。

ほんの数ブロック進んだとき、近づいてくるトラックの音が聞こえた。景はボーをすぐ手前の路地に引き入れ、ゴミ容器の蔭に押しこんで隠れさせた。それから自分もその横に飛びこみ、首をのばしてようすを見た。

　ピックアップが二台通り過ぎた。荷台には、外出着を着た民兵がぎっしりと乗っている。仲間うちだけでも目印になる赤い布やバンダナを、腕章や鉢巻として身に着けていた。

　ピックアップが通過するとすぐに、景は路地の角へ走っていった。見ていると、二台は前方の交差点のまんなかに突っこんだ。荷台の男たちが飛びおりた。

　一人が怒りの叫びをあげた。数人がライフルを構えて発砲し、近くの建物に銃弾をばらまいた。民兵たちは散開し、叫び、歩きながら、あちこちの建物めがけてでたらめに乱射した。

「中国人は売国奴だといっている」ボーがささやいた。音もなく忍び寄ってきたので、景は気づかなかった。「空爆の報復をしているのよ。ここはチャイナタウンなのよ」

「おれも聞いた」景はいった。「どうして隠れていないんだ？」

「一緒にいないといけないから」

「ここの住民はベトナム人だろう」

「民兵はそう思っていないのよ」

　民兵二人が、そのブロックを近づいてきた。景はボーをそっと壁に押しつけて物蔭に入れてから、じりじりと角へ進んだ。

　ゴミ容器の蔭に隠れたとしても、民兵が路地にはいってきたら見つかってしまう。逃げるのは不可能だ。

　通り過ぎる瞬間に襲えば優位に立てるが、他の民兵の注意を惹くおそれがある。

　やり過ごすか？　ぎりぎりになってふりむいた民兵に発見されたらどうする？

危険が大きすぎると判断を下したとき、一人目が路地の真横を通った。二人目が、ほとんど間を置かずに続いた。

「売国奴！」最初の民兵が叫び、ライフルを空に向けた。

景は跳び蹴《げ》りで襲いかかり、民兵の喉に蹴りを入れた。体をひねると、驚愕《きょうがく》している二人目の顔をしたたかに殴りつけた。二発目の空手で意識を失った相手の喉笛をつぶし、息ができないようにした。

ライフルがガタンと地面に落ちると同時に、それをつかみ、最初の民兵のところへ駆け戻り、額をすばやく蹴ってとどめを刺した。

「そこにいろ！」景は鋭い声で命じて、ライフルをボーに投げ渡した。「おれが来るまで待て！」

民兵のバンダナを奪い、ピックアップのほうへ走っていった。

ほかの民兵たちは、ライフルを乱射するのに夢中で、通りの先に行った仲間がどうなったのかということなど、気にしていなかった。ピックアップの番を命じられた二人には、もっと火急のもくろみがあった——交差点近くの酒屋に押し入ろうとしていたのだ。ピックアップは運転手にまかせ、二人とも盗みを働いていた。

運転手二人は、話がしやすいように、向かい合わせに駐車していた。景が走っていったとき、サイドウィンドウから首を出してしゃべっていた。

「なにをしている？」一人がどなった。

景は走りながら、腰だめで発砲した。最初の射撃は右にそれたが、なめらかに銃を引いて、三度の連射で二人とも殺した。

手前のピックアップの後部に達したとき、酒屋から見張りの民兵が出てきた。腕いっぱいに酒をかかえている。景は足をとめてふりむき、残弾をすべて放って、二人とも薙《な》ぎ倒した。

死体に駆け寄り、予備の弾薬を探し、ボーのためにバンダナを奪った。そのとき、少し離れたところで、ボーが警告の叫びを発した。

景が伏せて転がると同時に、一人の民兵が放った銃弾が、頭上をかすめた。民兵は引き金から指を離して、一歩進み、狙いを下に向けた。

単射の銃声が響いた。ボーがその民兵を撃ち殺したのだ。

14

ホーチミン市

ジョシュはマーとともに、階段を登ってくる何者かを待ち伏せているカーファーらの背後で、テーブルの横にしゃがんでいた。疲れていた――疲労困憊《こんぱい》のきわみに達していた。まぶたが燃えているみたいに痛い。

それに、腹が立っていた。早くここから脱け出して、帰国したかった。いらだちも強かった。協力したい――大統領の言葉に、大統領がじきじきに話をしたことに、いまなお畏敬《いけい》を禁じえない。それなのに、ホテルの最上階のこんなところにじっとしているのは、時間の無駄でしかない。

「やるぞ」カーファーがささやいた。

ジョシュはマーを両腕に包みこんだ。「だいじょうぶだよ」とささやいた。

ドアがあいた。暗視ゴーグルをかけた男が一人、戸口に現われた。

その顔に光が当てられた――懐中電灯の光が暗視ゴーグルによって過度に増幅され、男は一瞬目が見えなくなった。男が反応する前に、カーファーが横から襲いかかり、ナイフで喉を切り裂いた。戸口からひっぱり入れるとき、喉の切り口から血がゴボゴボと流れ出した。

ジョシュは、マーの顔をずっと自分の胸に押しつけていた。

マーラが、男の銃を取った。中国製の冲鋒槍《チョン・フォン・チアン》（直訳は突撃銃だが、中国ではアサルト・ライフルもサブ・マシンガンもこう呼んでいる）——九ミリ口径の小型サブ・マシンガンだった。

「暗視ゴーグルも役に立ちそうだ」カーファーがいった。「これでもここが安全だと思うか？」

「安全だなんていっていないわよ」マーラは食ってかかった。

マーラは耳に手を当て、無線機から聞こえる声をじっと聞いた。

「あと二人、階段にいる。ジョシュ、行くわよ。マーを抱いていける？」

「だいじょうぶだ」

マーラは、ベトナム語でマーに話しかけた。反応はなかった。

カーファーが戸口の脇へ進んだ。マーラは反対側で膝《ひざ》を突き、待った。

ジョシュは、マーラの横にしゃがんだ。意識がからっぽになったような気がした。まるでダンプカーが荷台を傾け、積載物をすべて落としたみたいだった。いざとなれば、誰かを殺すことになると確信し、じっと待った。だが、どうやって殺すのかは、まったく考えていなかった。マーを護るのが、自分の第一の仕事だ。

ドアがゆっくりとあいた。最初の二、三センチの動きに、一時間もかかったように思えた。次の二、三センチもおなじだった。突然、ドアが勢いよくあいた。

なにも起こらない。一分が過ぎた。ジョシュには、それが丸一日のように思えた。

と、叫び声があがり、一人が飛びこんできた。

カーファーが、頭を一発で撃ち抜いて仕留めた。マーラが肩を下にして転がり、くだんの男から奪った小さなサブ・マシンガンで、階段めがけて撃った。

下の踊り場で、短い連射が響いた。

「安全確保！」スティーヴンズが叫んだ。

「よし、ずらかろう」カーファーはそういって、死んだ男の暗視ゴーグルをつかみ、階段をおりていった。

ジョシュは、斃《たお》された男のサブ・マシンガンを拾いあげ、マーラに続いて階段をおりた。

15

ホーチミン市

景《ジン》はピックアップを奪い、なにが起きたかを残りの民兵たちが悟る前に、猛スピードで道路を走り出した。

「バンダナを巻け」と、ボーに命じた。

路地の前を通るときに、自分が殺した男二人の死体を見て、ふと思いついた。ピックアップを駐めて、小柄なほうの男の体をつかみ、荷台にほうりこんだ。数ブロック進むと、また停止した。

「あいつのシャツを着て帽子をかぶれ」景はボーに指示した。「髪の毛を帽子の下に入れるんだ。そのほうが民兵らしく見える」

ボーはいわれたとおりにした。それがうまくいった――ある程度までは。

最初の道路封鎖点にいた兵士たちは、二人を民兵と見なしたが、通ることは許可しなかった。

「何人《なんぴと》たりとも、たとえ政府関係者でも、通さないようにと命じられている」停止を命じた兵士がいった。

景は逆らわずに、ピックアップをバックさせた。

一ブロック戻ると、川に向かう道に曲がった。そこも警官が一人いるだけで、民兵の車だとわかると、ディエンビエンフーまで検問所はなかった。交差点には兵士が配されているが、質問もせずに手をふって通した。

ホキホア公園に兵士たちが集合し、あふれた兵士が道路に出ていた。軍のジープやトラックが、舗道をふさいでいた。景は商店街の裏手に車を入れ、車庫の隣りの狭い空き地に駐めるところを見つけた。

「離れないようにしろ」景はボーに命じ、裏通りを渡って、向かいに建ちならぶ小さな建物のほうへ行った。その裏手の小屋の屋根にボーが登るのを手伝ってから、ゴミ容器を持ってきて、それを踏み台によじ登った。そこからあちこちの建物を伝い、そのブロックのもっとも高い四階建てのビルの裏手にある非常階段へ行った。

そこの屋上から、繁華街を見渡した。西と北でいくつか火災が起きている。官庁の付近が主だった。科学者を先刻見かけた川の近くは、まったく正反対で、闇に沈んでいた。

やつらはおれに、わざとまちがった方角を教えたのではないか？　自分たちは科学者の居場所に確信があったので、おれが捕らえられるように仕向けたのか？

それとも、実際にやつらのいう場所に科学者がいるのか？

謎を解いている余裕はなかった。行動しなければならない。景は川沿いを探すことにした。そこで科学者を見ている。

見つからなかったら、川を渡り、ボーを連れて、あらたな隠れ家へ行く。前の隠れ家は、たとえ裏切られていなくても、危険すぎる地域にある。

16

ホーチミン市

マーラは、右側の壁伝いに階段をそろそろとおりていった。暗視ゴーグルはアメリカの製品ほど高性能ではなく、かなり粒子が粗くてぼやけていた。だが、なにしろ漆黒の闇なので、ものすごく役に立った。

スティーヴンズが、クラブの下の踊り場で待っていた。スティーヴンズの殺した男は、壁際に転がっていた。黒ずくめで、身許がわかるようなものは所持していない。ほかの男たちとおなじ中国製のサブ・マシンガンを使っていた。

スティーヴンズはすでに暗視ゴーグルを奪い、二階下へおりていた。カーファーはきいきい声とリトル・ジョーに、残りのSEAL隊員を集め、地下で落ち合うように指示した。

「階段でおりる」カーファーは、マーラに告げた。「急がないと」

「この人が財布を持っているかどうか、調べたいの」マーラは、男のポケットを探った。

「なんのために。クレジット・カードでも盗むか」

「わたしたちを殺そうとしているのが何者なのか知りたい」

「中国人のスパイに決まってる」カーファーはいった。「そうだろ?」

マーラは、聞こえないふりをした。男のポケットは空だった。強盗団の可能性もあるが、カーファーの推理は当たっているように思えた。

「ジョシュ、だいじょうぶ？」マーラは訊いた。

「元気だ。だいぶよくなった」

「マーはどう？」

「だいじょうぶだ」ジョシュは片手でマーの頭を覆ってそっと自分の肩に押しつけ、周囲が見えないようにしていた。しかし、マーは悲惨な場面をずっと見てきたし、どこまで護ってやれるものかは定かでなかった。

「薬はある？」マーラは訊いた。

「それが、その——」

「部屋に置いてきたのね」

「ああ」

「まさか取りにいくんじゃないだろうな」カーファーがいった。

「取りにいく」

階段をおりかけたマーラの腕を、カーファーがつかんだ。「そいつはまずいんじゃないか。敵がホテルによこしたのは、あの三人だけじゃないだろう」

「何人いるかはわからない。でも、一階おりればいいだけよ。ジョシュには薬が必要よ」

「ここを出たら、また手に入れればいい」

「いつになるか、わかりはしないわ」

頑固すぎるというのを、マーラは自覚していたが、それでも強引に進みつづけ、下の階で用心深くドアをあけた。電池式の非常灯が点《つ》き、廊下に淡い黄色の光がひろがった。暗視ゴーグルをはずして首にかけると、マーラはそっと廊下に出た。

「支障《クリア》なし」マーラはささやいた。

「おれたちはここで待つ」カーファーがいった。

「そうして」

マーラは、廊下に出た。爪先立って歩こうとしたが、無意味だと気づいた。壁に背中をすりつけるようにしてゆっくりと進みかけたとき、エレベーターがあがってきた。一台がその階でとまり、ドアがあいた。誰も乗っていない。

マーラはその前を通って、部屋へ行き、キイカードをポケットから出した。

部屋にはいると、そばの非常灯が点灯するはずだ。マーラはそこへひきかえして、銃床で電球を二本とも割った。

まずまちがいなく、部屋には誰もいないだろう、と自分にいい聞かせた。

まずまちがいなく。

膝を突いて壁にもたれ、手をのばして、キイカードをスロットに差しこみ、引きおろした。

錠前のLEDが点かなかった。非常用電源は、錠前には流れていないようだ。

ドアノブをつかみ、下に引いた。びくともしない。電流が流れていなくても、ドアは施錠されている。

マーラは財布を出して、クレジット・カードの下から薄い金属片を出した。それをドアの隙間に差しこみ、拳の硬い部分で支えて鋭く叩き、錠前をあけた。

そして身を投げた瞬間、何発もの弾丸がドアの木を突き破った。

続いて、なにかがドアから突き出た。

首。

単射の銃声が、廊下に響いた。首を出した男が倒れた。うしろにいたもう一人が、一連射を放ってから、奥にひっこんだ。

「ドアは横からあけなきゃだめだ」そばに駆け寄ってきたカーファァーが、ぶつくさいった。銃が火薬の臭いを発していた。

カーファァーが撃った男はドアにぶつかって倒れ、あいたドアをその体が押さえていた。サブ・マシンガンを構えたままで、マーラは伏せて、向かいの壁へななめに近づくようにして、そろそろと部屋に近づいた。

部屋にひっこんだ男は、右手の寝室か、左手のバスルームに撤退していた。どちらなのかはわからない。

部屋にはいるには、身をさらけだすことになる。

そんな危険を冒す価値はない。

「なにをしている？」カーファァーが訊いた。

マーラが部屋から離れようとしたとき、左手から音が聞こえた。

バスルームだ。

マーラは身を躍らせ、バスルームのドアに向けて二度連射した。

応射はなかった。マーラは立ちあがった。

「マーラ!」カーファーが鋭くささやいた。

「待て《ステイ》」マーラは命じた。ドアノブのすぐ下を蹴り、がらんとしたバスルームのなかに連射を放った。

便器と流しの一部が銃弾を浴びて壊れたが、撃つまでもなかった。中国人スパイとおぼしい男は死んで、床に転がり、自分の血の池に浸かっていた。

「〝ステイ〟とはなんだよ?」うしろからカーファーがいった。「おれを犬だとでも思ってるのか?」

「薬がどこにあるか、ジョシュに訊いて」マーラは命じた。

カーファーが不機嫌な声で無線連絡した。返事が来る前に、マーラは流しの上の棚にあった薬壜を見つけた。それを取った。

「バスルーム、流しの上」カーファーがいった。「行くぞ。急げ。誰かが階段を登ってくる。くそ」

下の階の銃声が、マーラの耳に届いた。

「階段をあがってくる。六人いる」廊下に出たときに、カーファーがいった。「屋上に戻るしかない」

マーラはエレベーターの前を通り過ぎてから、ひきかえし、なかを覗きこんだ。天井に跳ね上げ戸がある。非常用の脱出口だ。

「エレベーター・シャフトを通れる」マーラは叫んだ。「一台がここでとまっているの」

「電気が切られている」

「そうよ。伝っておりればいいのよ」

「やった、頭を使いはじめたな」

ジョシュとスティーヴンズが階段から出てくるまで、マーラはエレベーターの前で待っていた。

「薬を取りにきたのがいけなかったな」カーファーがいった。

「薬を取りにこなかったら、下から来るやつらと鉢合わせしていたはずよ」マーラはいった。

「チームの残りは?」

「五階にいる」

「表で落ち合うようにいって」

「応援が必要かもしれない」

「押しあげて」跳ね上げ戸の下に立って、マーラはいった。

カーファーがエレベーターにはいり、両手を合わせて鐙《あぶみ》のような形にした。マーラがそれに乗った。

た。

次にジョシュが登ってきて、マーのほうに手をのばした。マーラは、ジョシュに薬を渡した。

マーラは、跳ね上げ戸をあけて、そこから体を引きあげ、暗視ゴーグルをかけた。

「わたしのこと、いちいち文句をつけないと気がすまないの？」

「重いな」カーファーがいった。

「忘れてきて悪かった」ジョシュがいった。

「気にしないで。なにか見える？」

「いや」

「ここにいて。縁まで五、六〇センチよ」

「わかった」

マーラは身を乗り出した。「心配はいらないからね」と、ベトナム語でマーにいった。

「うん」マーの声はひどく小さく、やっと聞き取れた。

エレベーター二台のシャフトの仕切りは梁《はり》だけだったので、簡単に通れた。もう一台は数階下にあったが、正確な距離はわからなかった。向かいのシャフトの壁にある配線管に、整備用の梯子《はしご》が取りつけてあった。こちら側のシャフトにもある。手前の梯子を下って、整備用のドアを見つければいいだけだ。ドアが地階にあればありがたい。そこから脱出できる。

しかし、その前に残りのＳＥＡＬ隊員を集めなければならない。五階にいるＳＥＡＬ隊員たちは、中国人と、銃声を聞きつけて対応しはじめたベトナムの警察官三人のあいだで立ち往生していた。カーファーがエレベーターへ行くよう指示したが、梃子に使えるものがないので、きいきい声の怪力をもってしても、ドアをあけることができなかった。なんとか階段に出たものの、上と下から銃撃を受けている。

「背後にまわるのが最善の策よ」マーラはいった。「下へ行き、もう一台のエレベーターを抜けて、階段の連中を不意打ちする。下には何人いるの？」

カーファーは、無線でそれを訊いた。はっきりとはわからない。二、三人のようだった。

「ベトナム人にまちがいないの？」マーラは訊いた。

「身分証明書を見せろとはいえないさ」

カーファーが、壁ぎわの梯子に取りついて、おりはじめた。

梯子の段はべとべとの油で汚れていたし、シャフト内の空気はかなり埃《ほこり》っぽかった。マーはジョシュの首に両手をまわし、ジョシュが梯子をおりるあいだずっと、しがみついていた。背中に吊ったサブ・マシンガンが、ときどき勢いで揺れ動き、おりてゆくジョシュの腰のうしろにぶつかった。

くしゃみがこみあげるのがわかった。ジョシュは息を殺して我慢しようとしたが、ついに激しいくしゃみが出た。全身が揺れた。

「お気の毒さま」上でスティーヴンズがいった。

ジョシュはもう一度くしゃみをした。足を次の段にかけようとしたが、滑りかけた。バランスを取り戻し、次のくしゃみのときには、顔を肩に押しつけた。

「伝染しないだろうな」スティーヴンズがいった。

「アレルギーだ。埃のせいだ」

「だいじょうぶ、ジョシュ？」マーラが下からいった。「マーを引き受けましょうか？」

「いや、だいじょうぶ」といって、ジョシュはまたくしゃみをした。


エレベーター・シャフトの側面と中央のケーブルは離れていて、容易には渡れないので、カーファーは地階まで下っていた。マーラが来るのを待ち、小さなハッチがあくかどうかをためした。

施錠されていた。

「リトル・ジョー、そっちはどんな按配だ？」カーファーは、無線で訊いた。

「やつらを階段近くに釘付けにしてる」

「三つ数えたら、でかい音を出せ。いいな？」

「撃つのか？」

「霧笛がなけりゃそうしろ」カーファーは、マーラの顔を見た。「三でこいつを蹴りあける」

「わかった」マーラはそういって、ハッチに近寄った。

「待ち伏せてるかもしれない。あんたは右、おれは左だ。用意はいいか」

マーラは、サブ・マシンガンを構えた。弾薬は、弾倉に半分ぐらい残っている。

ジョシュがまだ上でくしゃみをしていた。マーが泣きそうな声を漏らしている。

「いち」カーファーが無線でカウントした。

カーファーが三と唱えると同時に、五階のSEAL隊員たちが発砲を開始した。マーラは踵《かかと》でハッチを蹴った。あっさりと鍵がはずれて、勢いよくあいた。マーラは体をのばして地下室に飛びこみ、分厚い蜘蛛《くも》の巣のなかを転がった。

カーファーが続いて飛びこんできた。マーラの側は安全だった。広い床には、支柱があるだけだった。

「スティーヴンズを護衛につける」カーファーがいった。「できるだけ早く、川を渡れ」

「あなたたちを支援するわ」

「だめだ。早くいけ。おれたちがやつらを食いとめる」

「聞いて――」

「自分の仕事をしろ、女スパイ。女の子と科学者の面倒をみなきゃならないだろうが」

マーラは、渋い顔を向けた。だが、カーファーのいうとおりだった。ジョシュを生還させるのが、自分の仕事だ。

それに、マーも。もっとも、孤児院を見つけて預ければよかったと、いまでは後悔していた。

「くしゃみはとまった?」マーラは訊いた。

「なんとか」ジョシュは袖に顔を当てて洟《はな》をすすった。

「埃のアレルギーなの？」

「それが百万あるアレルギーの一つ」

「一緒に来て」マーラは、ジョシュの腕をつかんだ。「体調は？」

「膀胱が燃えてるみたいだ」ジョシュは正直にいった。

「離れないで」

「暗いな」

「わたしのシャツをつかんで」

マーラはジョシュを従えて、出口はないかと地下室を歩きまわった。北側に業務用の大型エレベーターがあった。上の大舞踏会室の舞台裏に通じているにちがいない。そこのななめ向かいに大きな鋼鉄のドアがあったが、鎖をかけて閉ざされていた。

「錠前を撃って壊そう」スティーヴンズがそういって、銃を構えた。

「上に聞こえて、ここにいるのがわかってしまう」マーラはいった。「そうしたら、あなたの大尉は背後から攻撃される」

「確かに。わかった」

マーラは、業務用エレベーターを調べた。かなり広く、屋根も左右の壁もない単純な造りだった。右手に梯子があった。最初の開口部は二階上で、金属のケージがあった。エレベーターが到着するとあく仕組みになっているはずだ。

あるいは施錠されているかもしれない。シャフトの近くに動かす何かがあるはずだ。

確かめる方法はただ一つ。マーラは梯子を登りはじめた。

カーファーの激しい息遣いが、無線から聞こえた。

「まだ出られないか?」カーファーがささやいた。

「いま探しているところ」マーラは答えた。

「そろそろ始めるぞ」

ケージのゲートは、細かいメッシュでできていた。マーラの指でも隙間にやっとはいるぐらい細かい。フロアからシャフトに突き出している部分があったが、幅は七、八センチしかない。メッシュにそろそろと近づいて、はじめはそっと押し、それから少し力をこめて押した。びくとも動かない。

ゲートの高さは、開口部の半分までしかなかった。乗り越えて向こう側におりられると、マーラは判断した。問題は、ジョシュには無理だろうということだった。スティーヴンズも指をかけられない。

「ゲートがメッシュなの」マーラは、スティーヴンズにいった。「ロックされている。よじ登って、向こう側でロックしているものを探す。待っていて。乗り越えるのはむずかしいから」

「できるさ」スティーヴンズがいった。

「あなたの指は、わたしのより太いじゃない。いいから、あせらないで」

マーラは少しよじ登ったが、たちまち滑り落ちた。指が隙間にひっかけられない。

見つかったのは単純なレバーだったが、ゲート越しでは手が届かない。

「女の子ならどうだ？」スティーヴンズが訊いた。

「マーに登らせるのか？」ジョシュが訊いた。

マーラは、マーの顔を見た。登れるだけの体力があるだろうか？

マーは疲れている。ついさっきまで泣いていた。

「無理だと思う」マーラはいった。


ジョシュはマーの顔を見た。マーは英語を知らないので、話の内容はわからないはずだが、自分が話題になっているのは察しているようだった。

マーにゲートが登れるだろうか？

ジャングルを駆け抜け、ターザンみたいに蔓《つる》にぶらさがって飛ぶのを見ている。だが、ここはようすがちがう。

こちら側に落ちれば受け止めてやれる。でも、向こう側に落ちたら怪我をする。

中国人に捕まるよりはましだ。中国人に捕まったら、マーは殺される。

「なんとかしないと」スティーヴンズがいった。

「ジョシュ——マーにできると思う？」マーラは訊いた。

「わからない」

「ジャングルでは、すばしっこかったんでしょう」

「本人に訊いてくれ」ジョシュはしゃがんで、マーを立たせた。「本人に」

マーラは、質問を二度くりかえした。マーは答えなかった。

「こういうふうにやるの」マーラは、指をメッシュにかける仕種をした。

マーは、ジョシュの肩に左手を置いたまま、身を乗り出した。まるでマーのほうがジョシュを護っているように見えた。その逆ではなく。

マーが右手をメッシュにかけた。次に左手でつかんだ。ジョシュが押しあげた。

あっという間に、ゲートの上に登っていた。

マーが乗り越えるとき、マーラは固唾《かたず》を呑んだ。足がかりが見つからない。

「メッシュをつかんで」マーラはベトナム語で指示した。「登ったときとおなじように」

マーがようやくおりはじめた。つらそうだった――痛いのか、目から涙がこぼれたが、ついに下におりた。

「レバーを押して」マーラは指差した。

ゲートのロックが解除された。マーラはゲートを横にスライドさせてから、上に押しあげた。全員が通った。

ジョシュはマーを抱きあげた。みんなでマーを抱き締めた。マーラはキスをした。

「でかした、ちびのSEAL！」スティーヴンズが褒めた。

「さて、ここがどこなのか、確かめないと」マーラはいった。「ここにいて」

正面にある鋼鉄の棚に、箱が並んでいた。奥行き一五メートルほどのその部屋は、倉庫のたぐいらしかった。マーラはゆっくりと右手に進んだ。暗視ゴーグルで見るのに目がまだ慣れていない。棚の端に通路があり、奥にまた棚があった。箱がないところには、白い皿が積んである。やはり倉庫だ。レストラン用の。思ったとおり、厨房に通じるスイングドアがあり、ドアの上のほうの窓からなかが見えた。ドアは両側から鍵がかかっていたが、マーラがピッキングで簡単にあけることができた。ドアをそっとあけて、暗い厨房にはいると、四つん這《ば》いになり、大きな冷凍庫や、それよりも小さな冷蔵庫や皿洗い機の列のあいだを抜けていた。

遠くからくぐもった声が聞こえた。マーラは厨房をどんどん這い進んで、ガスレンジや調理台があるところへ行った。角を曲がったとき、赤いビー玉が二つ、隅からこっちを見つめていた。

ネズミ。

マーラは身ぶるいした。四つん這いのまま、一カ所のドアに向かった。そのドアには窓がなく、ダイニングルームに通じているにちがいないと思ったが、さだかではなかった。座って耳を澄ました。声がはっきりせず、隣りの部屋にいるのかどうかはわからなかった。そこにいるとしても、どんな部屋なのかも、部屋のどのあたりにいるのかもわからない。

マーラは次のドアのほうへ這っていた。そこに窓がないかと思ったのだが、やはり窓はなかった。

立ちあがり、ドアに手を当てて、ものすごくゆっくり、そっと押しあけた。隙間からかすかな光がはいってきた――蠟燭の明かりらしい。

ドアをもう少しあけた。厨房と席を隔てる屏風のために、視界がさえぎられている。さらにドアを押しあけると、屏風はウェイター用の細長い控え室の目隠しだとわかった。予備の食器、トレイ、皿が用意してある。

マーラはドアからひきかえした。

「ダイニングルームに、誰かいるかもしれない」マーラは、無線でスティーヴンズに伝えた。

「こっちに来られる？」

「すぐに行く」スティーヴンズが応答した。

「ガスレンジのそばへ行って。誰か来たら不意打ちできるから」

スティーヴンズ、ジョシュ、マーが、音もなく移動して、三メートル離れたところにうずくまった。

マーラは暗視ゴーグルをはずし、そっとダイニングルームへはいってゆくと、屏風の蔭で耳を澄ました。二人の男がしゃべっていたが、なにを話しているのか、はっきりとはわからなかった。〝民兵〟や〝管制〟といった言葉は聞こえたが、二人は部屋の向こうの隅にいたので、すべてを聞き取るのは無理だった。

マーラは、腹這いになって進んでいった。屏風の端まで行ったとき、上の階で銃声が鳴り響いた。

一人が叫んだ。マーラが身を乗り出すと、二人の足が見えなくなるところだった。「行くわよ！」マーラは鋭くささやいた。「支障《クリアー》なし！」

暗いなかで、ジョシュがドアにぶつかった。薄暗いダイニングルームにはいると、数メートル先に銃を構えたマーラが立っていて、手をふり、急ぐよう促した。

「アトリウムはあっち」ドアの方角を示した。「そっちは人間がおおぜいいる。その向こうに、ロビーとフロントを見おろすバルコニーがある。こっちの中庭を通るほうが楽だと思う。ここは三階だけど、おりるところがあるはずよ」

「あとの連中は？」ジョシュが訊いた。マーが体にしがみついている。

「牽制攻撃をやっている」

「みんな、だいじょうぶかな？」

マーラは眉をひそめた。

「置き去りにはできない」ジョシュはいった。

「大尉のことなら心配するな」スティーヴンズがいった。「人の手は借りない」

そういう意味ではないとジョシュは思ったが、マーラがガラス戸に向けて三人を先導した。

外気は生暖かく湿っていて、ジョシュの元気がよみがえった。まるで何日も淀《よど》んだ空気ばかり吸っていたとでもいうように、ジョシュは深く息を吸った。

「交差点の近くに兵隊が二人」壁の上からようすを見たスティーヴンズが報告した。「真正面には誰もいない」

「ここに階段がある」マーラはいった。

足をとめ、耳に手を当てた。

「どうしたんだ？」ジョシュは訊いた。

「カーファーが敵にうしろを取られた」

「助けにいかないと」

マーラは黙っていた。

「おれが行く」スティーヴンズがいった。「あんたたちは、マーを連れて、道路を渡れ」

「だめよ」眉間に皺《しわ》を寄せて、マーラはいった。暗視ゴーグルをはずし、ジョシュに渡した。

「わたしはロビーを抜ける。誰かに見られても、従業員だといえばいい。あなたたちでは、ベトナム語がわからない」

「銃をどうやって隠す？」スティーヴンズが訊いた。

「ジョシュにシャツを貸してもらう。袋みたいに見せかけるわ」

ジョシュがシャツを脱ぎ、マーラに渡した。マーラはサブ・マシンガンの銃床を折り畳み、シャツにくるみこんだ。粋なバッグにはならなかったが、一見しただけでは銃だとはわからない。

「川を渡って、そこで待っていて」マーラはいった。「最悪の場合は、ヘリコプターで落ち合う」

「わかった」スティーヴンズは、まだ渋っているようだった。

「彼女を応援すべきじゃないか」マーラがいなくなるとすぐに、ジョシュはいった。

「どうかな。この子の心配をしなきゃならない」

「おなじところをひきかえして、エレベーター・シャフトを登り、カーファーのほうへ行けば、誰が背後にいても、そのうしろを取れる」

「ややこしすぎる。それに、おれはあんたたち二人を護らなきゃならない。あんたたちは、誰よりも重要なんだ。行くぞ——道路をどう横断すればいいか、考えよう」

レストランとアトリウムを見おろすバルコニーを隔てている閉ざされたドアの手前で、マーラは息を整えた。無線機を引き出し、カーファーにだいじょうぶかと尋ねた。

「ホテルから出ろ」かすれたささやき声で、カーファーが応答した。

「わたしはレストランの近くにいるの。あなたに発砲しているやつら——どこにいるの？」

「さっさとずらかれ」

「リック。せっかく戻ってきたのに、そのいいかたはないでしょう。さあ」

「仲間は二階下にいる。六階だ。中国人は階段室の五階と七階にいる。上と下に二人以上だ。警察の制服を着てるが、中国人にちがいない」

「あなたの上には？」

「いまのところはいない。ホテルの警備員がどこかにいるはずだが、姿は見ていない」

「ベトナムはどっちの味方なの？」

「どっちでもない。中国人がおれたちを攻撃したとき、ベトナム人が一人撃たれた」

「確かに中国人なのね？　ベトナム警察ではなく？」

「パスポートを見せてくれとはいえないさ。やつらは中国語でしゃべっている」

マーラは、サブ・マシンガンをシャツの袋から出して、そっと脇に持った。それから深く息を吸い、額の髪を左手でかきあげて、ドアを通った。

下の階では、廊下の隅の数カ所に蠟燭が立ててあり、ある程度ようすが見えた。マーラはすばやく右手に歩き、エレベーターの前を通って、角をまわった先の階段へ行った。すばやく曲がると、警備員が二人いた。拳銃を抜いている。その向こうの階段のドアが、あけたままの状態にしてあった。

「なにをしているのよ？」マーラは、ベトナム語で語気鋭くいった。

びっくり仰天した警備員がふりむいた。

「あんたは誰だ？」

「王子の警護官」サブ・マシンガンを脚に沿わせて持ったままで、マーラはいった。「どうなっているの？」

「ホテルに強盗団がはいりこんだ」一人の警官がいった。「銃撃戦があった。そいつらを階段に閉じこめた」

「強盗団なの？　それとも暗殺団では？」マーラは詰問した。

「黒ずくめの強盗団がホテルに押し入った。警察が来た。応援も来るはずだ」

「王子を狙っているのよ」マーラはいった。「王子を脱出させないと」

手前の警備員が、応援がすぐに来るといおうとしたが、マーラはさえぎった。話を続けているひまはないし、考える時間を与えたら――どこの王子だとでも訊かれたら――厄介なことになる。

「来て」マーラは階段を登り、二歩進んだところで足をとめた。「来るの？　来ないの？」どなりつけた。

警備員二人が、おずおずとついてきた。階段を登ったところは、四階のコンベンションルームだった。ＳＥＡＬ隊員たちの二階下、手前の中国人たちの一階下にあたる。

「こっちよ」マーラはドアを指差した。

二人とも動かなかった。

「きいきい声、聞こえる？」マーラは無線で呼びかけた。

「ああ」

「あなたたちの二階下にいるの。階段を上がっていくわ。下にいるやつらの注意をそらして。わたしがそいつらを殺《や》るから」

階段室で銃声が轟いた。マーラは肩でドアを押しあけた。上の踊り場に人影が二つ見えた。マーラは、弾薬が尽きるまで撃った。階段に煙と火薬の刺激臭が立ちこめた。警備員たちは、どうしていいのかわからず、下でうずくまっていた。

「安全確保！」マーラは、きいきい声に伝えた。「カーファー」

「みんないるか？　三つ数えて……」

カーファーが上から発砲し、階段室に轟音が鳴り響いた。中国人を挟み撃ちにしたいま、その牽制攻撃に乗じて、階段を駆け登った。あっというまに、中国人諜報員二人が死んで、階段に転がった。

「カーファー」マーラは呼んだ。

「いま行くよ、おかあちゃん」

マーラは小走りに階段をおりて、ドアから身を乗り出し、くだんの警備員二人を見つけた。

「王子が出発する」厳しい声で命じた。「ロビーの安全を確保しなさい」


（下巻へ続く）

ザ・ミステリ・コレクション

レッド・ドラゴン侵攻《しんこう》！ 第《だい》2部《ぶ》 南《みなみ》シナ海封鎖《かいふうさ》〈上〉

著者 ラリー・ボンド

訳者 伏見威蕃《ふしみいわん》

発行所 株式会社 二見書房
東京都千代田区三崎町2-18-11
電話 03(3515)2311［営業］
03(3515)2313［編集］
振替 00170-4-2639

印刷 株式会社 堀内印刷所
製本 株式会社 関川製本所

落丁・乱丁本はお取り替えいたします。
定価は、カバーに表示してあります。

ISBN978-4-576-11107-0
http://www.futami.co.jp/

レッド・ドラゴン侵攻！（上・下）

ラリー・ボンド／ジム・デフェリス

伏見威蕃［訳］

肥沃な土地と豊かな石油資源を求めて中国政府のベトナム侵攻が始まった！元海軍将校が贈るもっとも起こりうる近未来の恐怖のシナリオ、中国のアジア制圧第一弾！

米本土占領さる！

ジョン・ミリアス＆レイモンド・ベンソン

夏来健次［訳］

2020年代、東南アジアをはじめ日韓を併合した北朝鮮は遂にアメリカ本土侵攻へ。苛烈な占領政策に全米各地でレジスタンスが！ベストセラー・ゲームの小説化

ロシア軍殺戮指令（上・下）

ジェイムズ・バリントン

鎌田三平［訳］

ロシア復興を進める軍高官が、米国を孤立させるためアラブ過激派と手を結び、恐るべき陰謀を画策する。その計画を阻止すべく英秘密工作員リクターはフランスへ飛ぶが…

奪回指令

ジョゼフ・ガーバー

熊谷千寿［訳］

汚名を着せられ、引退を余儀なくされていた元CIA工作員に大統領補佐官から特別任務が下る。ロシアに渡った〃原爆〃以来の最高機密を奪還せよというのだ…

千年紀の墓標

トム・クランシー

棚橋志行［訳］

千年紀到来を祝うマンハッタン。大群衆のカウントダウン・セレモニーで無差別テロが発生した。容疑者は飢餓の危機にさらされるロシアの政府要人…！

南シナ海緊急出撃

トム・クランシー

棚橋志行［訳］

貨物船拿捕と巨大企業の乗っ取り。ふたつの事件の背後には日米、ASEAN諸国を結ぶ闇の勢力の陰謀が…。私設特殊部隊〈剣〉に下った出動指令は？

謀略のパルス
トム・クランシー
棚橋志行［訳］

スペースシャトル打ち上げ六秒前、突然エンジンが火を噴き炎に呑み込まれた！原因を調査中、宇宙ステーション製造施設は謎の武装集団に襲撃され…

細菌テロを討て！（上・下）
トム・クランシー
棚橋志行［訳］

恐怖のウィルスが巨大企業を襲う！最新の遺伝子工学が生んだスーパー病原体とは？暗躍するテロリストの真の狙いとは？〈剣〉がついに出動を開始！

死の極寒戦線
トム・クランシー
棚橋志行［訳］

極寒の南極で火星探査車が突如消息不明に。同じ頃、イギリスで不審な連続殺人事件が起き、スイスで絵画贋作組織が暗躍する。謎の国際陰謀の全容とは？

謀殺プログラム
トム・クランシー
棚橋志行［訳］

巨大企業アップリンク社はアフリカ大陸全土をめぐる光ファイバーによる高速通信網の完成をめざしていた。が、計画を阻止せんと二重三重の罠を仕掛けられ…

殺戮兵器を追え
トム・クランシー
棚橋志行［訳］

恐るべき新兵器を開発した企業の技術がテロリストの手に渡り、大量殺戮計画が実行されようとしていた。合衆国の未曾有の危機に〈剣〉出動命令が下る。

石油密輸ルート
トム・クランシー
棚橋志行［訳］

アップリンク社に届いた深海油井開発をめぐる不審取引を仄めかす一通の電子メール。早速〈剣〉の長ピートは調査を開始するが…圧倒的人気の国際謀略シリーズ完結巻！

ロシア軍侵攻（上・下）

デイル・ブラウン
伏見威蕃［訳］

越境したタリバンの一派が米国の石油採掘施設やパイプラインを占拠！世界最大量の石油が眠る中央アジアの砂漠で米ロが軍事衝突か？軍事ハイテク小説の最高作！

炎の翼（上・下）

デイル・ブラウン
伏見威蕃［訳］

アラブ統一国家の野望を抱くリビアの独裁者が、エジプト大統領を暗殺し、油田の略奪を狙う。それを阻止せんと元米空軍准将率いるハイテク装備の部隊が飛び立った！

韓国軍北侵（上・下）

デイル・ブラウン
伏見威蕃［訳］

韓国領空を侵犯し撃墜された北朝鮮軍機は、核爆弾を積載していた。あらためて北の脅威を目のあたりにした韓国大統領は、遂に侵攻計画を実行に移す。

台湾侵攻（上・下）

デイル・ブラウン
伏見威蕃［訳］

台湾が独立を宣言した！激昂する中国は、核兵器の使用も辞さない作戦に出る。猛攻に曝される台湾を救うべく、米軍はステルス爆撃機で反撃するが…

北朝鮮最終決戦（上・下）

ハンフリー・ホークスリー
棚橋志行［訳］

横田基地に北朝鮮のミサイルが来襲！軍部強硬派が政権を握った北朝鮮の狙いとは？アメリカは報復に出るのか？壮大なスケールで迫る政治サスペンス！

原潜バラクーダ奇襲

パトリック・ロビンソン
山本光伸［訳］

伝説のテロリストに率いられた原潜が、アラスカ油田と米国西海岸のパイプラインを破壊すべく、北極海から太平洋へ向かい、米国はパニックに。海洋冒険小説の傑作！

最新鋭原潜シーウルフ奪還（上・下）
パトリック・ロビンソン
上野元美［訳］

中国海軍がミサイル搭載の潜水艦を新たに配備した！アメリカ政府は巨費を投じたステルス潜水艦〈シーウルフ〉を危険海域に派遣するが、敵の罠に落ち…

原潜シャークの叛乱
パトリック・ロビンソン
山本光伸［訳］

ホルムズ海峡封鎖とマラッカ海峡での巨大タンカー爆破！中国の暴挙を阻止すべく出動した特殊部隊SEALを原潜シャークは救出にむかうが……

雪の狼（上・下）
グレン・ミード
戸田裕之［訳］

四十数年の歳月を経て今なお機密扱いされる合衆国の極秘作戦〈スノウ・ウルフ〉とは？世界の命運を懸け、孤高の暗殺者と薄幸の美女が不可能に挑む！

ブランデンブルクの誓約（上・下）
グレン・ミード
戸田裕之［訳］

南米とヨーロッパを結ぶ非情な死の連鎖。遠い過去が招く恐るべき密謀とは？英国の俊英が史実をもとに入魂の筆で織り上げた壮大な冒険サスペンス！

熱砂の絆（上・下）
グレン・ミード
戸田裕之［訳］

大戦が引き裂いた青年たちの友情、愛…。非情な運命に翻弄され、決死の逃亡と追跡を繰り広げる三人を待つものは？興奮と感動の冒険アクション巨篇！

亡国のゲーム（上・下）
グレン・ミード
戸田裕之［訳］

致死性ガスが米国の首都に！要求は中東からの米軍の撤退と世界各国に囚われている仲間の釈放！五十万人の死か、犯行の阻止か？刻々と迫るデッドライン

二見文庫　ザ・ミステリ・コレクション

すべてが罠（上・下）
グレン・ミード
戸田裕之［訳］

スイス・アルプスで氷漬けの死体が！急遽スイスに飛んだ主人公を待ち受ける偽りの連鎖！事件の背後に隠されている秘密とは？冒険小説の旗手が放つ究極のサスペンス！

地獄の使徒（上・下）
グレン・ミード
戸田裕之［訳］

約三十人を残虐な手口で殺した犯人の処刑後も相次ぐ連続殺人！模倣犯か、それとも処刑からよみがえったのか？FBI女性捜査官ケイトは捜査に乗りだすが…

殺し屋
ローレンス・ブロック
田口俊樹［訳］
【殺し屋ケラー シリーズ】

他人の人生に幕を下ろすため、孤独な男ケラーは今日も旅立つ…。MWA賞受賞作をはじめ、孤独な殺し屋の冒険の数々を絶妙の筆致で描く連作短編集！

殺しのリスト
ローレンス・ブロック
田口俊樹［訳］
【殺し屋ケラー シリーズ】

いやな予感をおぼえながらも「仕事」を終えた翌朝、ケラーは奇妙な殺人事件に遭遇する……。巨匠ブロックの自由闊達な筆が冴えわたる傑作長編ミステリ。

殺しのパレード
ローレンス・ブロック
田口俊樹［訳］
【殺し屋ケラー シリーズ】

依頼された標的を始末するため、殺し屋ケラーは新たな旅へ。殺しの計画のずれに揺れる孤独な仕事人の微妙な心を描いた連作短篇集。人気シリーズ待望の第三弾

聖なる酒場の挽歌
ローレンス・ブロック
田口俊樹［訳］
【マット・スカダー シリーズ】

裏帳簿を盗まれた酒場の店主と、女房殺害の嫌疑をかけられたセールスマン。彼らを苦境から救うべく同時に二つの事件の調査にのりだしたスカダーだが…

獣たちの墓
ローレンス・ブロック
田口俊樹［訳］【マット・スカダー シリーズ】

麻薬密売人の若妻が誘拐された。犯人の要求に応じて大金を払うが、彼女は無惨なバラバラ死体となって送り返された。常軌を逸した残虐な犯人の姿は…

死者との誓い
ローレンス・ブロック
田口俊樹［訳］【マット・スカダー シリーズ】

弁護士ホルツマンがマンハッタンの路上で殺害された。その直後ホームレスの男が逮捕され、事件は解決したかに見えたが…ＰＷＡ最優秀長編賞受賞作！

死者の長い列
ローレンス・ブロック
田口俊樹［訳］【マット・スカダー シリーズ】

年に一度、秘密の会を催す男たち。ところがメンバーの半数が謎の死をとげていた。調査を依頼されたスカダーは意外な事実に直面していく。（解説・法月綸太郎）

処刑宣告
ローレンス・ブロック
田口俊樹［訳］【マット・スカダー シリーズ】

新聞に犯行を予告する姿なき殺人鬼。次の犠牲者は誰だ？ＮＹを震撼させる連続予告殺人の謎にマット・スカダーが挑む！ミステリ界に君臨する傑作シリーズ。

皆殺し
ローレンス・ブロック
田口俊樹［訳］【マット・スカダー シリーズ】

友人ミックの手下が殺され、犯人探しを請け負ったスカダー。ところが抗争に巻き込まれた周囲の人間も次々に殺され、スカダーとミックはしだいに追いつめられて…

死への祈り
ローレンス・ブロック
田口俊樹［訳］【マット・スカダー シリーズ】

ＮＹに住む弁護士夫妻が惨殺された数日後、犯人たちも他殺体で発見された。被害者の姪に気がかりな話を聞いたスカダーは、事件の背後に潜む闇に足を踏み入れていく…

二見文庫 ザ・ミステリ・コレクション